涙の手紙

キャロル・モーティマー 作

JN049273

ハーレクイン・プレゼンツ 作家シリーズ 別冊
東京・ロンドン・トロント・パリ・ニューヨーク・アムステルダム
ハンブルク・ストックホルム・ミラノ・シドニー・マドリッド・ワルシャワ
ブダペスト・リオデジャネイロ・ルクセンブルク・フリブール・ムンバイ

JOINED BY MARRIAGE

by Carole Mortimer

Published by Harlequin Japan, a Division of K.K. HarperCollins Japan, 2024

キャロル・モーティマー

ハーレクイン・シリーズでもっとも愛され、人気のある作家の一人。14 歳の頃からロマンス小説に傾倒し、アン・メイザーに感銘を受けて作家になることを決意。コンピューター関連の仕事の合間に小説を書くようになり、1978 年に見事デビューを果たす。以来、数多くの作品を生み続け、2015 年にはアメリカロマンス作家協会から、その功績を称える功労賞を授与された。エリザベス女王からも目覚ましい活躍を認められている。

プロローグ

　テーブルの上に置いた一枚の手紙。彼女は並んだ文字に目を落とした。短すぎた気もする。書きすぎた気もする。手紙などやめるべきだったのだろう。しかし、抑え切れない気持ちが一方にあった。なんでもいい、自分が存在したことを示す何かをどうしても遺《のこ》しておきたかった。

　手に取って読み直すうち、自然と涙がこぼれて紙をぬらした。もう何度も読んでいるから一字一句暗記している。それでもまた読んだのは、いざとなって遺しておくことにためらいを覚えたからだった。

　きちんと、意図した相手に読んでもらえるだろうか。

　もしかして、私より頭のいい誰かが、こんな手紙は破棄したほうがいいと考えるのでは？

　思わず細い指に力が入って、手紙を胸に抱え込んだ。誰も捨てやしないわ。きっと相手に届く。届くはずよ。私が自分の意志で遺せるものは、これひとつしかないのだから。

　こういう行為が正しいのかどうか、思い悩むことはとうにやめていた。避けられない一歩はもう踏み出した。いいとか悪いとか言う段階は、はるか以前に過ぎ去っている。それに、よくても悪くてもこの手紙は遺したかった。遺さなければならない。

　それなら、実行するのよ。頭の中で声が命令した。実行して、それで終わりにしなさい。

　終わり……。

　この手紙で終わり。

　それとも、ここから何かが……。

1

全然意味の通じない手紙だとブライアナは思った。用件がさっぱりわからない。それでいて、段取りだけはきちんと明記してある。

ミス・ギブソン

上記の住所まで電話、もしくは手紙にて早急にご連絡ください。日時のお約束をさせていただいたうえで、事務所の経営者がお目にかかります。

頭書は信望あるロンドンの弁護士たちを抱えたある事務所の名前になっている。

形は整っているのに何もわからない。

「姉さん、それ何？」弟のゲアリーが肩越しにのぞき込んできて、朝食のシリアルを危うくトーストの皿にこぼしそうになった。

ブライアナは彼のボウルをまっすぐに直した。

「宛名《あてな》違いよ」軽く答えて、食事のあとに捨てるつもりで手紙をくしゃくしゃに丸めた。

「どうした？」ネクタイを直しながら父親がキッチンに入ってきた。背が高く、五十代の前半ではあるが身のこなしは軽い。

ブライアナは首を振って笑いかけた。「弁護士事務所から私宛《あ》てに手紙が来たの。確認せずに相手を間違ったのね」それきり手紙のことは忘れて席を立った。「パパ、トーストを……どうかした？」ブライアナは眉を寄せた。

父は毎朝飲んでいるオレンジジュースを冷蔵庫から取り出しもせず、ドアのところに突っ立ったまま青い顔をしている。

「パパ？」不安になってまた声をかけた。

父親はのろのろとテーブルにつくと、いきなり口を開いた。「見せておくれ」

「これ？」ブライアナは手の中の紙を見た。「だから、パパ、間違って来た手紙だって……」

「ランドリス・ランドリス・アンド・デイビス法律事務所」娘の目を見つめ、抑揚のない声で言う。

手紙を送ってきた事務所の名前を言い当てられて、ブライアナは目を丸くした。「どうして……」

「いいから、こっちに」父親は手紙を受け取ると、丁寧にしわを伸ばしてから、文章に目を向けた。

「なんの話？」シリアルを食べ終えたゲアリーが、学校へ行く支度をしながら声をひそめた。今年が高校の最終学年。大学進学を目指しているが、その年ごろの男の子らしく、髪を長めにして服をわざと着くずしている。大人ではないが、もう子供でもない。

「さあ、知らないわ」正直に答え、半ばうわの空でバス代と昼食代を手渡した。

じっと手紙に見入っている父親を見て、ゲアリーがささやいた。「なんだか重大なことみたいだね」

ブライアナには答えようがなく、事情を知りたいのかどうかもよくわからなかった。二年と少し前に母が亡くなって以来、父はブライアナの手も借りながら、家庭をしっかりと守ってきた。

ママに関係したことかしら？　だとしてもぴんとこない。ブライアナの母は、家族に与えるべきものはすべて与えてくれた。愛情と、強い絆《きずな》で結ばれた幸せな家庭だ。それは誰もが遺《のこ》せるものではない。

「ほら、学校へ行きなさい」好奇心いっぱいでぐずぐずする弟に声をかけ、冷蔵庫の上のフォルダーを手渡した。「はい、宿題。バスが来ちゃうわよ」ぴしゃりと言った。

疑問の答えが聞けずじまいになるのが不満らしく、ゲアリーは出がけに顔をしかめてみせた。とはいえ、今行かないとバスに乗り遅れるし、歩くのは彼の流儀に反した。ゲアリーは運動が大嫌いなのだ！

ブライアナは忙しく食事のあと片づけに取りかかった。話す気になったら父は話してくれる。このことは母から学んだ。もっともブライアナ自身は考えるより衝動的に動くタイプだから、待つことを覚えるのは楽ではなかった。それでも、かつて母が優しく教えてくれたとおり、父はやり方次第でその気にはなるが、無理強いしても効果はない。

仕方なく待った――が、あまり長く考え込んでほしくはなかった。でないと二人そろって仕事に遅れてしまう。父には診察があるし、ブライアナには病院の受付という仕事が待っているのだ。

と、父が突然低く思いつめたような声を出した。

「おまえの本当の母親に関係したことだろう」

ブライアナは怪訝《けげん》な顔で、ゆっくりと振り向いた。

両親は彼女が養女であることを隠したりはしなかった。結婚後何年も子供ができなかったグレアムとジーン・ギブソン夫妻にとって、ブライアナは特別な宝物だった。それが理解できるだけの年になると、二人はすぐに真実を話してくれた。

養女でいやだと思った経験は一度もない。こういうケースでよくあるように、養父母にはブライアナが四歳のときに実の子供が生まれていたが、それを不満にも感じなかった。ブライアナは〝特別な存在〟だった。両親は実子をあきらめていた分、愛情を注いでくれた。そのおかげで実の親を捜す気は起こらなかった。必要を感じなかったのだ。赤ん坊を手放すには理由があったはずだし、事情が明らかになれば、今でも関係者はつらい思いをするだろう。

実の母親が自分を捜し出そうとするなんて、当然夢にも思っていなかった！

ブライアナは青ざめた顔で目を見開き、父の向かいに腰を下ろした。目の下には小さな鼻と優しげな口と、頑固なほどの意志力を示す顎。おまえは気が強いから髪は熟れた麦穂色より赤のほうが似合いなのにと、子供のころよく父にからかわれた。だが彼女は金髪だった。つややかにまっすぐ肩まで伸びて、濃いブルーの瞳の上に前髪がふんわり下りている。

「なぜそう思うの?」唇がこわばっていた。こんな話を聞かされたくはない!

父は茶色の目で娘を見据えた。「同じところから私も手紙をもらった。三カ月前だ。おまえが二十一歳になるすぐ前だったよ……」

「おいでになる前に連絡を、と手紙にはあります」愛想のない中年の受付係は冷ややかに言った。「今日、約束をお取りして……」

「必要ないわ」ブライアナも冷たく切り返した。同じ受付係をしているから、要求をはね返す方法は丁寧なものからそうでないものまで全部心得ている。

さらに、あくまで抵抗して待ち続ければ、最後には誰かが会ってくれるということも。「手紙にある経営者の方に会いたいんです。今すぐに」

絶対に会うつもりだった。今朝の父の話に、ブライアナは心底驚かされた。ランドリス・ランドリス・アンド・デイビス法律事務所は、以前手紙でブライアナという名の養女がいるかと問い合わせてきたという。父は、確かにいるがなんのために知りたいのかと返事を出した。ところが三カ月たっても返答がないので、父もついには何かの間違いだったと納得した。それが今朝、同じ事務所からまた手紙が来て、間違いではないらしいとわかった……。

また今夜話そうと父に言われ、ともかく出勤したブライアナだったが、あれやこれやと考えて落ち着かず、ついに意を決した。もやもやした話は大嫌いだ。答えは早くわかったほうがいい。昼休みにタクシーで法律事務所を訪れたのは、そんな事情からだった。

ランドリス・ランドリス・アンド・デイビス法律事務所は威風堂々とした造りだった。加えて性格のきつい白髪まじりの受付係がいるものだから、大した用もなしに来た者は、奥までなかなか入れない。そして約束なしに来た者も……。

受付の女性はきっぱりと言った。「無理ですね。今はどの経営者も時間が取れないんです」

「それなら、取れるまで待たせてもらいます」

「あのミス、ええと、ギブソン……」受付係はもう一度手紙をちらりと見てから名前を言った。「お待ちになってもむだですよ。来週なら約束を……」

「いいえ、待ちますわ」穏やかに相手をさえぎった。濃いブルーの瞳が、冷たい茶色の瞳とぶつかり合う。

「ミス・ギブソン、何度も申しあげますが……」

「どうかしたのか、ヘイゼル？」

深みのある男の声に二人の女性はさっと顔を上げた。とたんに受付係が動揺を見せたので、誰かしらとブライアナの好奇心はつのった。

ただの事務員ではなさそうだった。百八十センチをゆうに超える背丈。たくましい体に白いシャツと黒っぽいスーツを堅苦しく着込んでいる。黒ぶち眼鏡から冷ややかな青い目が軽蔑《けいべつ》するように二人を見下ろしていた。ブライアナほど濃くはない淡いブルー。その視線には背筋をぞくりとさせるものがある。

尊大さを感じさせる人なら、毎日職場で顔を合わせる医者の中にもいる。だがこの男の雰囲気はそれとは違った。彼の尊大さは生まれつきだろう。短い黒髪と彫りの深い険しい顔、さらににこりともしない口もとのせいでなおさらいかめしく見える。どう見ても、ふだんからあまり笑っていない感じだ！

受付係へのいらだちは同情へと変わった。こんな冷血人間と毎日働いているなんて！

「いいえ、大丈夫です、ミスター・ネイサン」受付係は急にどぎまぎした口調になり、五十代の大人というより、むしろ少女のような声を出した。「ただ、こちらのミス・ギブソンが予約も取らずに……」

「ギブソン？」男は気取った口調でくり返し、細い貴族的な鼻にのった黒ぶち眼鏡の奥から、ブライアナを再度見下ろした。「いったい誰に会いたいと言うんですか、ミス・ギブソン？」

ブライアナが父に気が強いと言われるのも仕方ない。冷たい目つきに横柄な口ぶりまで加わると、すぐさま頭に血が上った。「ランドリスか、ランドリスか、もしくはデイビスです」同じく無愛想に答えた。

男は整った顔を一瞬ゆがめ、唇を曲げて小ばかにするように言った。「ずいぶん大ざっぱな答えだ」

ブライアナの目にさっと怒りが走った。「はっきり言いたくても、いただいた手紙がはっきりしてないのだから無理ですわ」

「手紙？」眼鏡の奥で氷のようなブルーの目が細くなる。「どんな手紙かな？　見せてもらえれば……」

「これなんです、ミスター・ネイサン」ヘイゼルが、最後まで待たずに差し出した。

〝ミスター・ネイサン〟は手紙を受け取った。すっと伸びた長い指。繊細すぎて全然似合っていない、とブライアナは思った。

いきなり嫌悪感を抱いてしまった。ふだんなら、たいてい誰とでも仲よくなるし、だから病院での仕事も楽しい。今日は最初からぴりぴりしているせいだろう。知らない相手を嫌いになれるはずはない。ただ心のどこかでは、知りたくもないと感じていた。

「ふうむ」顔を上げた男の視線は前にもまして冷たかった。「この手紙には、はっきり……」年配のカップルが入ってきた。「僕のオフィスにどうですか、ミス……ギブソン？」今度は彼が、手もとの手紙で名前を確かめた。「そのほうが落ち着いて話せる」

受付係はあわてた。「二時の約束はどうなさるんですか、ミスター・ネイサン」

「まだ時間はあるよ、ヘイゼル」彼は手ぶりで非難をしりぞけ、ブライアナの腕をぎゅっとつかんだ。年配のカップルがデスクに近づいてくるところだった。「こちらへどうぞ、ミス・ギブソン。僕のオフィスのほうがくつろげますよ」

ほかの人の目障りだというわけね。ブライアナは苦笑いした。ランドリス・ランドリス・アンド・デイビス法律事務所の受付では、どんなささいな口論も許されない。つまりはそういうことなのだ。

〝くつろげる〟という言葉が案内された部屋に似つかわしいかは疑問だった。堂々とした印象だが、くつろぎとはほど遠い！　壁の下半分ほどは黒っぽいオークの鏡板に覆われ、上半分には濃い空色の壁紙が張ってある。絨毯《じゅうたん》も青だが、こちらは壁紙よりさらに色が濃い。壁の一面はびっしりと本で埋まっていた。タイトルで判断する限り、すべて法律関係だ。正面には大きな出窓。両端にかかるビロードのカーテンは絨毯と同色だった。出窓を背にして大きなオークのデスクが据えられ、背の高い、濃紺の革張り椅子が置かれている。反対がわに、小さめの革張り椅子が向かい合って置かれていた。

ミスター・ネイサンは大きなほうの椅子に座り、向かいの椅子を身ぶりで示した。持っていた手紙をデスクに置き、ざっと読み直してから顔を上げた。

「本当になんの心当たりもないんですか？」

心当たりといえば父の推測だけだったが、その推測にしても当たっているのかどうか。ブライアナは生後わずか二カ月で養子に出されている。今さらどんな事情であれ、実の両親が娘を捜すとは思えない。

もっとも、三カ月前にこの事務所から父宛てに届いた手紙の謎《なぞ》は消えないが……。「ありません」ブライアナは答えた。

「そうですか」彼は笑うことのない真一文字の口をすぼめて、考え込むような表情になった。

「ミスター・ネイサン……」ブライアナは身を乗り出した。「そちらがご存じないのなら、私にも、あなたにとっても時間のむだだと思いますわ！」

言った瞬間に失礼だったと気づき、恥ずかしさに頬が赤くなった。考えてみれば、受付に任せておけるところを、この人はわざわざ相手になってくれたのだ。彼が来なければ、受付係はその有能さを存分に発揮してことを処理していたに違いない！

「ごめんなさい、ミスター・ネイサン」深いため息をついて椅子の背にもたれた。「こういう手紙がいきなり届くと、気分的に落ち着かなくて」

「よくわかりますよ。だがその話の前に、あなたはひとつ誤解している」

ブライアナは彼を見て続きを待った。「はい？」

彼が頭をわずかに傾けたとき、後方の出窓から差す晩春の光で、黒髪にかすかな赤い色合いが浮き上がった。「僕はミスター・ネイサンではない」

「でも、受付の人がそう呼んでました」ブライアナは混乱して言った。

彼の唇がゆがみ、この人にとっては笑顔にとても近いのだろうと思えるような表情になった。「彼女はいつもそう呼ぶんですよ」

「わからないわ。名前が違うんでしょう？」ブライアナは眉をひそめた。「どうして……」

「黙って聞いててもらえますか」偉そうに言う。

「あなたの言動はいつもそう……衝動的なんですか、ミス・ギブソン？」

こういう人種はめったに相手にしないのだが、と陰険な視線が告げているようだった。女性がいやなのではないだろう。奥さんは絶対にいる。たぶん、夫に負けないほど堅苦しくて横柄な奥さんだ。彼はきっとブライアナのように率直で遠慮のない人間を知らないだけなのだ。

まあ、いいわ。私だってこれほど無愛想で横柄な人に会うのは初めてだもの。三十代の半ばぐらい？まだそれほど年でもないだろうに、話し方にもふるまいにも若さがない。彼に必要なのは……。

いいえ、何が必要だろうと関係あるもんですか。ブライアナはいらいらと自分に言い聞かせた。どうせ会うのは今日限りだ。少し口に気をつけないと、彼からなんの話も聞き出せなくなる。

「でしょうね」顔をしかめて言った。「違うなら、ここには来てないはずですもの」肩をすくめた。

軽薄な態度に彼がいらだちを見せた。「話をもとに戻すと……」

〝礼儀知らずがさえぎる前に戻すと〟でしょ！　言葉を足して茶化したくてたまらなかった。口もとがゆるんで濃いブルーの瞳がきらめきそうになる。下唇をかんで言葉のほうは我慢したが、熱心に耳を傾けているふりをしても、表情だけはどうしようもない。彼がこんなに偉ぶってさえいなければ！

「ヘイゼルは僕を子供のころから知っているから、ミスター・ネイサンと呼ぶんです」ブライアナの笑みにからかいの意味を読み取ったのか、彼はつっけんどんに言った。

「もっともらしく聞こえますけど、さっき自分の名前じゃないとおっしゃったじゃないですか！」

自分が悪いのか、相手の言葉に何かが欠けているのか、ブライアナに言わせれば、今の説明は外国語も同じだった！　ミスター・ネイサンでないのなら、受付係はなぜそう呼び続けるのだろう。

彼は感情を抑えるように荒々しく息を吸い、黒ぶち眼鏡の奥から冷たくブライアナを見つめた。笑われていると思い込んでしまったようだ。

笑ってはいないのに。違うのに。わかっていないとすれば自分のほうだとブライアナは思っていた。

ばかげた会話のように感じるが、故意でそうしているにしては、この人はまじめすぎる。すぐに納得のいく説明が続いて事情がのみ込めるはず……。

「僕の名前はネイサンです」もの覚えの悪い子供に話すように、今度はゆっくりと言う。「ヘイゼルは三十年来受付をしていて、僕のことは五歳でこの事務所に来るようになったころから知っている」

ブライアナは怪訝な表情で顔を上げた。理解できないことに変わりはないけれど、私のせいだとは、だんだん思えなくなってきた……。「五歳のときから弁護士を……?」

彼が顔をしかめた。「わざとわからないふりをしているのなら……」

「まさか。違います」眉間《みけん》のしわにただならぬ気配を感じ取って、ブライアナは即座に答えた。

法廷では相手を震え上がらせる人なのだろう。でも五歳で弁護士のはずはないのに、どうしてあんなばかなことを言ってしまったのか。たぶん、少しいらついているせいだわ。彼にではない。手紙からはじまった、この頭の痛い状況に対してだ。

「五歳から弁護士をしているはずないですよね。ちょっと頭が混乱してるみたい」

ちょっとどころか、相当だ――彼女に向けられた顔ははっきりそう言っていた。

彼は無意識に手紙をデスクの上で動かした。「ミス・ギブソン、僕は父に会いに来ていたんです」

冷たく気取った言い方にも、耳がもう慣れてきた。

「父は弁護士だった。今もですが」

ブライアナはうなずいた。まだ先があるようだが、少々うんざりしてきた。手紙の話にもまだ入っていない。弁護士ってみんなこんなに回りくどいの?

「ネイサンはファーストネームです。僕が働き出してから、おそらく敬意の印でしょう、ヘイゼルはミスター・ネイサンと呼ぶようになったんです。こんな状態なので、そのほうが混乱もないんでしょう」考えて言い添えたあと、冷たいブルーの目で食い入るように見つめてくる。「ミス・ギブソン、僕の名前はネイサン・ランドリスです」

やっとわかった！　彼はパートナーのひとりなんだわ……。「どっちのランドリスなんですか？」

「どちらでもないな。父がランドリス、叔父のジェームズがランドリス。彼は十年前に亡くなりました。そして叔父のロジャーがデイビスですよ」

なんてややこしいのかしら。「それじゃあ、ランドリス・ランドリスはあなたじゃないんですか？」

「残念ながら。あと五年もすれば……」

「四十歳になったら？」彼の正体に近づこうとして、ブライアナは思わず計算していた。事務員でないことはとうに察していた。案内されたこのオフィスがはっきり証明している。だが、まさか経営者の息子だったとは。なるほど、ヘイゼルがミスター・ネイサンと呼ぶわけだわ。

「四十歳になったら」相手はぶっきらぼうにくり返しながら、笑っているのかといぶかるように、再びブライアナに厳しい視線を向けてきた。

笑ってなどいない。まあ確かに尊大で、自分のことから何から堅く考えすぎるのは事実だけれど、彼はこの立派な法律事務所の経営者の息子でもあるのだ。警戒を怠らないヘイゼルに〝来週にでも〟と追い返されるより、彼と話せるだけましだろう。

「僕も共同経営者になるはずです」ネイサンは簡潔に言い放つ。「事務所はランドリス・ランドリス・デイビス……」

「アンド・ランドリスね」ブライアナは心得顔であとを続けた。当然だわ。ランドリス・ランドリス・アンド・デイビスのままのわけは絶対にない。いくらひとりが故人で彼の甥《おい》と名字が同じでも、四人目のパートナーは、公式に四人目として名前が加えられるはずだ。ずいぶん封建的に思えた。だが、この事務所にはほかにも時代遅れと思える点がいくつかある。目の前にいるこの人も……。ブライアナは封建時代の大君主を思い浮かべた。尊大に手をひとふりする、もしくは眉をちょっと上げるだけで法と英知を行き渡らせる人物。彼は……。

「法律を学ぼうと考えたことはおありですか？」

探るような声に想像をさまたげられ、ブライアナは苦労して現実の彼に意識を引き戻した。空想の中の彼は見事な雄馬にまたがって領地を回っていた。実物と違い、髪は短くも整ってもおらず、身にまとっているのは青と金の豪勢なローブ。ばかな空想だ。実際は堅苦しくて頑固で偉そうな相手なのに。今も、返事を待っていらいらと冷たい視線を向けている！

「なんですか？」ブライアナは長くて濃いまつげをぱちくりとさせた。

「ほ、う、り、つ、ですよ、ミス・ギブソン。あなたならすばらしい弁護士になれる。初めて会って、まだ十分かそこら話しただけだが、早くも僕は子供時代のことから、年齢から、四十歳でパートナーになるという予定までもらしてしまった」他人も同然の相手にここまで話すべきではなかったと言うように首を振る。「だが僕はあなたについてほとんど知らない。これは驚きですよ、ミス・ギブソン」

「ブライアナです」無意識に口にしていた。もの問いたげに眉を上げる彼に、にっこり笑いかける。「こんな打ち明け話ができる間柄になったんですもの、ブライアナで結構です」茶化すように言った。

「ブライアナというのか？」そろそろと問い返す。信じられないとでも言いたげだ。「ええ、そうよ。嘘《うそ》をつく理由なんてないでしょう？」人の名前でこんなに混乱するのは、この男くらいなものだ！

彼は暗い顔で眉をひそめた。「いや、珍しい名前だったもので……。男の名前のようだ」

「言っておきますが、私は女ですから！」いらついて声がとがった。ごちゃごちゃ言われるのなら、名前を教えるんじゃなかった。

彼の口もとがまたゆがんだが、これできっと笑っているつもりなのだ。もっとも、見かけは痛みをこらえている顔に近い。

「それはわかる」スカートに清潔な青いブラウス。ブラウスの裾《すそ》は細いウエストにたくし込んである。彼は小柄ながら女性らしい体つきを前にして、そっけない口ぶりで認めた。

女として全然意識していないのね。ブライアナは思った。もう時間がない。早く話を終わらせないと仕事に遅れてしまう。

「ブライアンという男の親戚《しんせき》がいたのかも。でも説明してくれた人はいませんわ」腕時計に目をやった。ああ、本当にもう行かなくては。「ミスター・ランドリス、あなたから事情が聞けないのなら……」

「ええ、役には立てそうもないですね」気がつくと、彼はもう席を立っていた。「ヘイゼルと日時の相談をしたほうがいい。あなたが会うのは僕の父だ」

立ち上がるなり腕を取られてドアに誘導されていく。まるで高波にさらわれた気分だったが、彼の最後の言葉に、ブライアナははっと足を止めて不審げに顔を上げた。「どうしてわかるの？」受付での彼は何も知らなかった。少なくともそう見えた……。

彼はダークスーツの下の広い肩をそびやかした。「手紙の上にある参照番号が父のものですからね」

最初から手紙の送り主を知っていた。どのランドリスに会うべきかわかっていた！　ブライアナはきつく非難の目を向けた。たらい回しの気分を味わうのはもうたくさんだ。誰も助けになろうとしてくれない。いったいどんな用件なの？　手紙を送られたのは私なのよ。招かれずに来たわけじゃないわ！

彼の手から手紙をひったくってにらみつけた。

「あなたのお父さんに会えばいいと、なぜ最初から言ってくれなかったの？」

「父は今外出中だ」ネイサン・ランドリスはきっぱりと答えた。「ヘイゼルが伝えたと思うが……」

「時間が取れないとは聞いたわ。どういう意味かは知らないけど」わけがわからなくなってきた！

彼は冷たいブルーの目で濃いブルーの目をまっすぐに見つめた。「だから時間が取れないという意味ですよ。あなたが来たことは言っておきましょう」

「本当かしら？」私を見たことさえ忘れたがっている感じなのに！　でもそれはお互いさまだ。こんなに気取っていて、横柄で、威圧的な人……。

「ええ、確かに。ただ、予約だけは取っていくことを勧めますね」

「〝来週にでも〟ね」ブライアナは憮然《ぶぜん》と言った。

ネイサンは傲慢《ごうまん》に頭をかしげた。「あなたの都合のつくのがそのときなら、そういうことです」

ブライアナは彼を見てゆっくりと言った。「ミスター・ランドリス、さっきは私のことを言ってましたけど、あなたの法廷戦術も相当のようだわ」

ネイサンは狼《おおかみ》としか言いようのない顔になった。獲物に襲いかかった直後の顔だ！「むずかしい裁判に勝つことで知られてますよ」

そうでしょうとも。ここに来てからも当初の目的から巧みに話をそらされてしまった！「わかります」冷たく言ってドアまで進んだ。「じゃあ、この辺で。必要だという約束を取りに行きますから」

きびすを返してさっさとオフィスを出る。感謝の言葉も言わず――言う必要などない！――さよならも言わなかった。理由は何もないけれど、なぜか彼とはまた会うような気がしていた……。

「僕も行こう」

絨毯の敷かれた廊下で、ブライアナは彼を振り向いた。「ついてこなくても、事務所のお金を盗むつもりはないわよ」

ネイサンは威圧的に見下ろし、とがめるように眉を上げて言葉を選びながらきいた。「あなたはいつもこう……率直なんですか、ミス・ギブソン?」

「たぶんね。あなたの意見に反対するようだけれど、率直だから法律関係の仕事にはつけそうもないわ」

二人の間に重い雰囲気がただよい、ネイサン・ランドリスが眼鏡を外した。ぴくぴくしている頰だけが、彼の内心を示していた。

侮辱するつもりはなかった。だが、彼に率直さがあるとは思えないのだ。「予約を取ってきます」すばやく言った。「あの、いろいろ……ありがとう」省いていた感謝の言葉を言い添えた。

最初は見慣れたしかめっ面だった。それが少しずつ変化していき、驚いたことに、目の前のネイサン・ランドリスは笑い出した。驚異的な変わりようだった。青い目が温かみを帯び、厳しく頑固だった顔が、小粋《こいき》で魅力的な表情を作り出している。

あまりの変化に唖然《あぜん》として、ブライアナはネイサンを凝視した。この人はすべてを持っているんだわ。切れる頭脳と恐ろしいほどの冷酷さ。それが消えたかと思うと、息をのむほどの魅力が突然あらわれる。

「僕も同感だ」冗談半分の言葉にネイサンはそう答えた。「あなたは考えるより先に言葉が出る」

「だけど弁護士はまず考えて、そして何も話さないことだってあるわ」ネイサン個人のことは話しすぎたにしても、彼はこっちの知りたい情報を全然教えてくれていない。知らないからだともだんだん思えなくなってきた……。「いいわ、ミスター・ランドリス、あなたに従います」彼に従わない人などいるのだろうか?「受付まで送ってもらって、予約を取って、それからそれぞれ仕事へと戻りましょう」

ネイサンはブライアナと並んで廊下を歩いた。

「仕事は何をしてるんです、ミス・ギブソン?」

ブライアナは彼を見やって、からかうように言った。「受付係ですわ」

しかめっ面に似た笑顔も、今度は出番がなかった。魅力的な笑みが一瞬で広がって、喉の奥から低い笑い声が響いた。「ミス・ギブ……ブライアナ、君って人は！」口もとをほころばせたまま首を振る。「受付での手伝いは必要なさそうだ……」こちらへ歩いてくる男に気づくなり、彼は言葉を切った。明るさが消えて、急に表情がいかめしくなった。「受付への行き方はわかるかい？」視線を男に向けたまま、うわの空でブライアナを促す。

「うまくいけばだけど」おどけて答えてから、ブライアナも男のほうを見た。ネイサンと同じスーツ姿。背は彼より少し低いが、意志の強そうな感じは共通している。二時に約束している相手だろう。

「オフィスで待っててください。すぐに戻ります」ネイサンが男に言い、想像が当たったとわかった。

「急いでるんだがね」きつい調子で年配の男が言う。

「すぐですから」

「忙しそうね」ブライアナは軽くネイサンの腕に触れた。「この先はもうひとりでいいわ」それから、すみませんと言う代わりに相手の男性にほほえんだ。

と、ネイサンよりかなり年上のその人は、まじまじと、確かに女性を見る目でブライアナを見返してきた。

笑顔で二人と別れたが、受付へ曲がる手前でちらと振り返ると、二人ともまだこっちを見ていた。年配の男性のほうは目を大きく見開いている。ネイサン・ランドリスは冷血人間だけれど、このクライアントはまるで違うようだ。

ブライアナは父親のランドリスとの面会を予約し、数分後には通りに出た。今日は全然うまくいかなかった。今朝手紙を受け取ったときから、疑問は何ひとつ解決していない！

2

「どうしてひとりで行ったりしたんだ、ブライアナ」夕食のとき、向かいに座った父が言った。「何をするにしても、今晩もう一度話をしてからだと、今朝決めたはずじゃなかったのか？」

「心配しないで、パパ」テーブルに身を乗り出して、安心させるように父の手を握った。「ほとんどむだ足だったの。行くんじゃなかった。まぬけぶりをさらしに行ったようなものだわ」その失態は、ネイサン・ランドリスのせいでもあるのだ！

午後は彼との会話を何度も反芻《はんすう》した。考えれば考えるほど、彼と自分の両方にいらついた。誰が、誰から情報を集めようとしていたの？

「僕は期待しちゃうな」ゲアリーが唐突に話し出した。「姉さんは金持ちのアラブの族長の娘で、莫大《ばくだい》な遺産を相続してたりして」顔がにんまりしている。

ブライアナが養女であることは家族みんなが知っていた。結びつきが強いから、養女であっても誰も気にしない。ゲアリーは弟だし、父は父だ。

ブライアナは、ばかねという顔をした。「この肌の色で？　現実的に考えれば、負債を抱えた父親が莫大な借金を遺《のこ》したというほうがあり得そうだわ」

ゲアリーは笑ったが、父は事態を楽しむどころではないらしい。

「パパ……」言いかけたところで玄関ホールの電話が鳴った。「あら、今夜は待機の必要な患者さんはいなかったわよね？」

「いないが、だからといって、患者が電話をかけてこないとは言えないだろう？」

父は産科医だからいつも待機中なのだ。

「僕が出る」ゲアリーが立ち上がった。

「あなたにかもしれないわ」次から次へとガールフレンドができる弟のことだから。

「金持ちのアラブの族長からかもね！」部屋を出ながらゲアリーが勝手なことを言う。

「死人がかけてくるわけ？」軽くお返しをした。

「うちは平凡な家族だ」父がゆっくりと首を振った。

「なのに、どうにも悪い予感がする。家族に大きな重しがのしかかってくるような……」

「姉さんにだよ」ゲアリーが勢いよく戻ってきた。

「ランドリスとかいう人」

「やはりな」どさりと椅子にもたれた父は、五十三歳という年齢そのものに見えた。

　ネイサン・ランドリス！　夜の七時にいったいなんの用があるのだろう。仕事の虫でもなければとうに退社している時間だ。ううん、たぶん彼は仕事の虫なんだわ。だけど、私が会いたいのは彼の父親のほうだ。まさか個人的な誘いの電話じゃないわよね？　スーパーマンがクラーク・ケントの服を破って出てくるように、ネイサン・ランドリスが弁護士からふつうの男になった？　違う、服を破るのは超人ハルクだったわ。スーパーマンじゃない……。

「向こうはいつまでも待ってないよ」ゲアリーがせかした。「ちょっと威張った感じだったし」

　やはりネイサン・ランドリスは冷血人間なのだ。ブライアナは沈んだ気分で立ち上がり、父のそばを通るときに軽く肩をたたいて低い声で元気づけた。

「きっとなんでもないから」

「そう願うよ」父の疲れた表情は変わらない。「おまえを失いたくないんだ、ブライアナ」

「大丈夫よ」力強く言い、玄関ホールに出て受話器を取り上げた。「ネイサン」冷淡な声を作る。「電話をいただけるなんてどういうことかしら？」最後までこの調子で通してやるわ！

いっとき間があいてから相手が答えた。「ミス・ギブソン、お話しできて光栄ですが、私はネイサンではないんです」知らない男の声だった。「ピーター・ランドリス。ネイサンの父です」

「どうも、失礼しました、ミスター・ランドリス」ブライアナは自分の早とちりを呪《のろ》った。

「かまいませんよ。状況からしてあなたが間違えるのも無理はない」

状況って、なんのこと？　ブライアナは驚いた。相手が父親のランドリスとわかっているからよけいだった。

「今日息子と話をされたようですが」彼女の混乱を察して落ち着く時間を与えるかのように、ピーター・ランドリスはさらりと続けた。

なるほど、そういう意味ね。「ええ、しました」彼は今日の話をいったい息子にどう聞かされているのだろう。「今は会えないとうかがいましたが」ちくりと言った。今夜は忙しくないようだ。

「お電話したのはそのことでしてね」冷静な声だった。「約束は来週になったようですが、実は明日の一時から少しあきがあるんです。よろしければ来ていただこうかと思いまして」

遅めに昼休みを取って短い外出なら……。「一時十五分でもかまいませんか？」あきといってもどのくらいの時間があるのかわからない。

「もちろんです。では、ミス・ギブソン、明日の一時十五分に」彼は言い終えるなり電話を切った。

ブライアナもすぐに受話器を置いた。父親まで冷血人間だとは言わないが、ネイサンがそっけなさを学んだ手本はこれではっきりした。用事が終われば会話も終わりとは！

ブライアナはピーター・ランドリスと、彼のデスクをはさんで向き合っていた。来てみると昨日帰りがけに廊下で顔を合わせた人物だった。ネイサンがオフィスで待っていてほしいと声をかけ、ブライアナが二時の約束の相手だろうと想像した男性だ。

ネイサンはここにいるピーター・ランドリスこそ私の会うべき相手だと知っていた。つまり、昨日はわざと私に紹介しなかったんだわ!

ブライアナは、きらきら光る濃いブルーの目でピーター・ランドリスを見た。昨日見ていてわかったが、彼は息子よりわずかに背が低い。それでも百八十センチはあるだろう。親子だと思って見直すと、似た点がいくつかあった。父親のほうは白いものがふんだんにまじっているが、二人とも髪は黒。顔は石を削ったように鋭く、中でも淡いブルーの瞳の印象が強い。そして今、ピーター・ランドリスは昨日のネイサンそっくりの目つきでこっちを見つめている。

むかむかと腹が立ってきた。三カ月前には父に、昨日は直接私宛《あ》てに手紙が届いた。送り主であるランドリスは、すでに家族の平和な生活をかき乱している。怒るのは私のほうよ。本当に腹が立つ!

「ミスター・ランドリス、お話があるそうですが、昼休みに出てきたものであまり時間がないんです」

驚いたことに彼はほほえみ、笑ったとたんに息子と同じく雰囲気が一変した。目が優しくなり、いかつい顔が少年のように人なつっこくなる。父も子も法廷で敵に回したくない相手だと感じた。魅力に翻《ほん》弄《ろう》されて、結局粉々に打ち砕かれてしまうだろう。

「私も今は昼休みですよ」優しい声だった。「一緒にコーヒーとサンドイッチでもいかがですか?」

ブライアナはますます表情を硬くした。「食事ができるくらい時間がかかるんですか?」すぐにすむ話だと思って来たのに!

彼の笑みが広がった。「ネイサンの言うとおり、とても率直ですな」小さく言って、受話器を取り上げてきびきびと指示を出す。「ヘイゼル、コーヒーとサンドイッチを二人分頼む」唐突に通話が終わるのは、昨夜と同じだった。

「率直さなしで得るところはありませんわ」ブライアナはさっきの言葉に答えた。ネイサンがどう言ったのかは十分想像がついたけれど、ヘイゼルと違って私にはどちらを敬う理由もないし、敬ってもいない。「はっきりしないのは嫌いなんです」

人違いで呼ばれたとはもう考えていなかった。この男はそんな間違いなどしないだろう。人違いでないとわかれば、すぐにも用件を知りたい。

「はっきり言ってなんのお話なんです、ミスター・ランドリス？」ブライアナはじれて先を促した。

「話を進める前にいろいろ手順が……ああ、ヘイゼル」彼は入ってきた受付係に注意を向けると、デスクの書類をわきへどけて、そこにトレイを置かせた。

「コーヒーをどうですか？」受付係が出ていくと、彼は言った。

「結構です！」かりかりして声を荒らげた。この調子ではいつまでたっても本題に入れない。「ミスター・ランドリス……ああ、また！」軽いノックの音に続いて今度はネイサンが入ってきた。「ラッシュアワーのピカデリー・サーカスにいるほうがまだましだわ」ブライアナはつぶやいた。

二度の中断にブライアナはひどくいらいらしていたが、一方のネイサンは父親のオフィスにいる彼女を見て、驚きのあまり声も出ないようだった。昨夜の電話のことを知らなかったらしい……。

「ネイサン」温かみの欠けた声で父親が言った。「見てのとおり今は仕事中だ」

ネイサンは去ろうとしない。「今日ブライアナに会うとは聞いてませんでしたよ」

非難とも取れる言葉に父親はとげとげしく答えた。「いちいちおまえに話すことじゃない」

「昨日はお父さんに紹介してくれなかったわね、ネイサン」ブライアナは割って入った。父と子は無言の対立状態から抜けられず、対立の原因であるらしいブライアナは、つかの間忘れられた印象だった。

ネイサンはちらりと彼女を見ただけで、また父親に視線を戻した。「ちょっと二人きりで話せませんか」断固たる口調でつけ加える。「僕のオフィスで」

父親は眉ひとつ動かさなかった。「無理だな」

「お父さん、僕は……」

「無理だと言ってるだろう」冷たい態度だった。「悪いが、クライアントと大事な話の最中なんだ」

ブライアナははっと顔を向けた。クライアント？ どうして私がクライアントなの？ クライアントは自分から弁護士の助けを求めるものよ。だけど私はピーター・ランドリスにも彼の息子にも何ひとつ求めていない。こんな立派な事務所に支払うだけのお金だってない。二回話をした分の料金を請求しようという考えが少しでもあるのなら、父にしろ息子にしろ、考えを改めてもらうしかないわ！

ハンドバッグを持って立ち上がった。「どうぞおたくの二人で意見の食い違いを調整してください。話がついたら、手紙で事情をきっちり説明していただけますね、ミスター・ランドリス？」父親のほうに言った。クライアントだと言ったのはそもそも彼なのだ。

「今日はもう時間がありませんので」

「おまえの言葉は正しかったな、ネイサン」歩き出す彼女をよそにピーター・ランドリスが静かに言った。「ブライアナは母親に似て頑固だ」

ブライアナは足を止めた。顔から血の気が引くのを感じながらゆっくりと振り向く。「私の母？」唇がこわばって声を出すのもやっとだった。「母を知っているんですか？」

「知っているとも。ネイサン、倒れる前に彼女を椅子に座らせてやってくれ」よろけたブライアナを見て、ピーター・ランドリスが冷静に指示した。

体に腕が回されたときも、今立ったばかりの椅子に支えられながら戻ったときも、腰を下ろしたときもブライアナは半ば放心していた。ただピーター・ランドリスを、一瞬にして暗く陰った青い瞳で凝視することしかできない。「実の母のことですか?」か細い声できいた。父親が手紙の理由として想像するのと、現実として知るのとでは大違いだ!

「そうだとも」ピーター・ランドリスはデスクの引き出しからファイルを取り出した。「さて……」

「お父さん!」ネイサンがかみついた。「先に書類をもらって確かめ――」

「はっきり言っておくぞ、ネイサン!」父親は冷酷な青い瞳を向けて力強くさえぎった。「私の仕事に口出しするな。やるべきことはちゃんとわかっている。レベッカが私のクライアントだった以上、ブライアナも私のクライアントだ」

「レベッカというのが私の母親なんですか?」ブライアナは父と子の言い争いなどどうでもよかった。それどころか、聞けば聞くほど自分がこの件に関心があるのかどうかわからなくなってきた。私の母はジーン・ギブソンだ。か弱い赤ん坊の私を世話し、学校に上がったときには感動の涙を流してくれ、初めて失恋したときには痛手をいやし、希望の仕事につけたときには喜んでくれた。ジーンこそ母親だ。もうひとりの母の名がレベッカだということさえ知りたくなかった。急に不安になってきた。これまでの生活が壊され、侵略されていくような……。

「母親だった」ピーター・ランドリスが優しく言う。

ブライアナはぐっとつばをのみ込んだ。「もう……死んだんですか?」

「そうだ。レベッカは――」

「聞きたくない!」聞きたくない。ここに来て話を聞いたらすっきりする、全部忘れていつもの生活に戻れると思っていた。でも、真実を知れば永久にもとに戻れなくなりそうな気がする。そんなのはいや。

「聞きたくありません」見つめる二人にきっぱりと言った。「レベッカが誰で、どういう人であっても、私の母なんかじゃありません」死んだと聞かされても平気だった。当たり前だ。私は彼女を知らないのだから。それに死んだ人なら知る必要もない。「どういう話か知りませんが、もう結構ですから」ピーターに告げた。

「そう簡単にはいかないんだよ、ブライアナ……」

「いくはずです。母は私を捨てた。私にも同じことをする権利があります」挑戦的な目で見返した。

「単純に考えすぎているな、ブライアナ……」

「どうしてです?」語気を強めた。一気に頭が回転し出した。さっきまで混乱していたが、もう大丈夫だ。「親に子供を捨てる選択肢が認められるのなら、子供だって親を捨ててもいいはずだわ」

「ネイサン、残るのか出ていくのかはっきりしてくれ」外の廊下を若い女性が通り過ぎると、ピーターは鋭く言った。「きわめて個人的な話をしている。誰彼かまわず聞かせられる話じゃない」

「確かに個人的な話ですね」ネイサンは冷淡に応じると、中に進んでドアをしっかりと閉めた。

ピーターは彼を見据えた。「どういう意味だ?」

「言ったとおりの意味ですよ」じろりと父を一瞥《いちべつ》してからブライアナのほうを向く。「父の話は聞くべきだな。話が終わったときには、君は大金持ちになってる」

ブライアナは同情を込めた目でネイサンを見た。この人はクラーク・ケントでもスーパーマンでもないわ。こっちは大金になんの関心もないのに、それさえ理解できていない。裕福な家の生まれらしいから、お金抜きの幸せなんて考えられないんだわ。

「興味ありません」ネイサンの父親に向かって言い

切った。「私には家族がいます。別の母について知る必要はありません」

ピーターは濃い眉を上げた。明らかに頑固者だと思われている。「お母さんは亡くなっているね？」

「それが何か？」怒りに目がぎらつき、腹立ちのあまり、なぜ彼がジーンの死を知っているのかといぶかる余裕もなかった。「実母も養母と同じく死んでしまったようですけど、どちらのほうが悲しいかは決まってます！　そのレベッカとかいう人は、私にはどうでもいい女性なんです。どんな遺産にだって興味はありません。二十一年間、娘を捜そうともしなかった人ですもの。死んだからといって、今さら生活をかき乱されたくはないわ！」興奮して息が上がってしまった。

「いや、本当のお母さんが死んだのは最近ではない」ピーター・ランドリスは静かに答えた。「二十一年前の話だ」

ブライアナは言葉を失って目をしばたたいた。養父母の深い愛情の中でなんの不安もなく育ったので、実の母親のことなど一度たりとも考えたことはなかった。大きくなってからも、実母を捜そうという気は起こらなかった。その人の生活にとってはたぶん、今でも、血を分けた娘の存在は邪魔なんだろうと理解していた。どうしてだか、実母がとうに死んでいるかもしれないとは全く思いつかなかった……。

唇を湿らせてきいた。「なぜ死んだんですか？」

「死亡診断書の記述が知りたいかね？」ピーター・ランドリスは硬い口調できき返した。

その言い方にブライアナは引っかかりを感じた。死亡診断書のことはよく知っている。父は医者だから、そんな悲しいサインをしなければならないこともしばしばだ。それでも今の言い方はまるで、実母の、レベッカの死に疑問があるような……。「診断書は信頼できます」当然のように言った。

「この場合は違う。私の知る限り、死因に心の痛手は挙げられていなかった」つらそうな声だった。

ネイサンが進み出た。「お父さんはこの件の事情を知りすぎていて、かかわりすぎてます。それに、ブライアナを不安がらせているじゃないですか」

不安になったのではなかった。混乱していた。二十一年前のいつ、母は死んだのだろう。私が生まれてすぐなのは確かだ。でも出産が原因なら、どうして私は親戚《しんせき》に引き取られずに、養子に出されたりしたの？　私の本当の家族って？

ピーター・ランドリスは心を落ち着かせるように大きく息を吸った。「すまなかった、ブライアナ。あれは……悲しすぎる！」青い顔で首を振る。「私はあんな美しい人の最期を、あんな無益な結末を受け入れることはできなかった。おまえの言うとおりだ、ネイサン。耐えられるつもりだったが……」震える息を吐き、向かいのブライアナを見た。「あなたはとてもそっくりで……冷静になろうにも……」

私が母に、レベッカに似ている……？　この態度からして彼は私の実母をよく知っている……。

口もとがこわばった。「私の本当の父は？」

ピーター・ランドリスは顔をしかめた。「君のお母さんは子供の父親の名前を絶対に言わなかった」

「まさか、誰も知らなかったなんて信じられない」

「君はジャイルズという男を知らない」ピーター・ランドリスは苦々しい声になった。

「ジャイルズ？」ちぐはぐな会話のいらだたしさにため息が出た。一秒ごとに話が込み入ってくる！

「君のおじいさん、レベッカの父親だ」ネイサンが教えてくれた。「彼女は父親におびえていた」

ブライアナは陰った青い瞳をネイサンに向けた。「あなたも母を知っていた？」二十一年前なら、ネイサンはまだ十四歳だ。

「ああ。僕より四歳年上で……」

「私の母――いえ、レベッカは十八歳で私を産んだの？」まだ子供も同然だわ！「じゃあ死んだのは……」ショックだった。死ぬには若すぎる年齢だ。それでも十八年の短い間に彼女は恋をし、おそらくその恋を失い、そしてブライアナを産んだ……。

「どうも今日の進め方は弁護士らしくない」ネイサンは責めるように父親を見た。「こういう場合、通常身もとを証明する書類の提出を求めてから……」

「彼女はレベッカの娘だ」ピーター・ランドリスは、今や幽霊を見るような目でブライアナを見ていた。

「疑問の余地は全くない」

「そうですね。僕も昨日、受付で見た瞬間にわかりましたよ」

「なぜ言ってくれなかったの！」ブライアナはかみついた。「あなたは妙な時間稼ぎばかりしてた。ことが起こってから二十一年よ。それだけでも遅すぎたと思わないの？」じらされるのはもうごめんとばかりに、二人を順ににらみつけた。事実が知りたかった。今ここで。生活への影響があろうが、なかろうが、あとでひとりになった時間にゆっくりと考えればいい。「ネイサン？　あなたはすべてを知っているわよね。話してちょうだい、過去に何があったのか」職場に戻るのは、この際あと回しだった。

「レベッカは私のクライアント……」

「レベッカは死んだんです」ピーター・ランドリスの言葉をブライアナは冷たくさえぎった。「今のクライアントは私なんでしょう？　その私がネイサンから聞きたいと言ってるんです」彼なら、少なくとも感情を交えずに説明ができそうだ。

「お父さん？」ネイサンは父親を見た。

「話してやるといい。私は……ブライアナの顔があまりに……ショックで……」

ブライアナはピーターにコーヒーをついでやってから、ネイサンに向き直った。「ネイサン？」ピーターのことは忘れて先を促した。

ネイサンはため息をつくと、別の椅子をブライアナのほうに引き寄せて座った。淡いブルーの瞳が妙に同情的だった。「まずは君の祖父母の話から……」

「レベッカの両親ね？」

「早く聞きたいなら、いちいち言葉をさしはさまないでくれるかな」ぴしゃりと言う。

早く、か。職場へ戻らなければという気持ちは押しやっていても、時間は容赦なく過ぎていく。「ごめんなさい」ブライアナはあやまった。

ネイサンは尊大にうなずいた。「君の祖父母、名前はジョアンとジャイルズだ。ジョアンは裕福な家の生まれでジャイルズは地元の農夫だったが、それでも恋に落ちたらしく、二人は結婚した。一年後にレベッカが生まれた。子供はその子ひとりだけだ」

このほうがずっといい、とブライアナは思った。ずっと楽に話に入っていける。

「はじまりはロマンチックに見えたが……」皮肉を感じずにいられないのか、ネイサンは唇をゆがめた。「……幸せな結婚生活とは言えなかった。ジャイルズはすぐに、妻が財布のひもを握っていることに我慢ならなくなった。そして娘を、というより娘が母親の時間と愛情を奪うことを嫌った」

「ジョアンの死亡診断書にも心の痛手と書いて当然だったよ」ピーター・ランドリスがつぶやく。

ネイサンが目で父親を黙らせた。「レベッカは八歳で寄宿学校に入れられた」淡々と続ける。「母親は心のさびしさを埋められなかったようだ」

「でも、学校の休暇があったでしょうし……」

「その時期、ジャイルズは必ず妻とよそに出かけていたんだ」答えたのはピーター・ランドリスだった。「帰省したレベッカは家政婦に任せきり。ジョアンは三年の間、娘にほとんど会うことがなかった」

「ひどい！　どうしてそんな仕打ちができるの？」

「先を続けてもいいかな」ネイサンが冷ややかに言うと、ブライアナの注意が自分に戻るのを待った。

「だって、こんな話は……まるでビクトリア女王時代の小説じゃない」ブライアナは愕然《がくぜん》として首を振った。「四十年もさかのぼらないころに、奥さんと自分の娘をそんなふうに扱えたなんて信じられないわ！」

「そう思う？」ネイサンが力なく言う。「君には現代の裁判をいくつか見てみることを勧めるね」

確かに、病院でも虐待された母と子が運ばれてくるのは何度か目にした。「でもお金を持っていたのがジョアンなら、彼女にも少しは、自由が……」

「自分はレベッカの父親だ――その事実をジャイルズは常に強調していた」ピーター・ランドリスが口をはさんだ。「ジョアンは決して弱い女性じゃなかったが弱みはあった。それが彼女の子供だよ」

肉体的な虐待ではなく、精神的な脅迫――どちらがよりひどいと言えるだろうか。

「続けて」ブライアナは低く促した。自分の家族について、まだどんな恐ろしい話を聞かされるのだろう。レベッカが私を家族から引き離したのは、彼女の最大の善行だったかもしれない！

「レベッカが十三歳のとき、母親は死んだ」そう言うとネイサンは再び父親を目で非難した。「自動車事故だ。レベッカにはもう父親しかいなくなった」

「寄宿学校には入れられたままだったの？」ブライアナは次第にレベッカのことが気になってきた。自分の子供時代が幸せだっただけに、レベッカが感じただろう孤独を思うと耐えられなかったのだ。

「そうだ」ネイサンは励ますように軽くほほえんだ。

「父親はそのあとも学校の休暇のたびに家を留守にした。もはや母親からの手紙や電話といった精神的な支えもない。当然ながらレベッカは愛情に飢え、愛されることを求めるあまり、大きくなるにつれて異性と関係を持つようになった。くだらない男ばかりだったが、ジャイルズは何も言わなかった。脅してやめさせようにも無理だったんだ。罰として取り上げるようなものは、最初から何ひとつ与えていなかったんだからね」

ブライアナは問いかけるような目でネイサンをじっと見つめた。「母が好きだったのね」レベッカのことを話すとき、彼の声は優しい調子を帯びる。

眼鏡の奥、淡いブルーの瞳にちらりと感情がよぎって、すぐに消えた。あとに残ったのはいつものプロの仮面だった。「誤った育てられ方をしても、レベッカは好きにならずにはいられない女性だった。快活で、よく笑う美人で。美しすぎたと言ってもいい。そのせいで男たちの注意を引いてしまったんだ」

ブライアナは眉を寄せた。「私の母はふしだらだったと?」

「とんでもない」彼は唇を引き結んで即座に答えた。「賢い愛し方ばかりではなかったということだ」

「例えば私の父を愛したときね。父は結婚していたのかしら?」ブライアナはすばやく勘を働かせた。

「さあ。どうだろう」ネイサンは広い肩をすくめた。「その点は君宛てのお母さんの手紙が教えてくれるかもしれない」父親をちらりと見て言い添えた。

ブライアナは鋭い視線を返した。信じられない。この何分かでレベッカについて多くのことを知った。暴君だったレベッカの父親は、母親と娘の間の愛情に垣根を作った。レベッカは心が満たされないまま、愛に飢えた娘に成長していった。そして正しい場所で愛情を見つけるとは限らなかった。

これだけの事実を聞かされた今、ブライアナは祖母と母親に対して淡い同情を抱いた。家族を支配していた祖父についてさえ、強い不安を抱えていたのだろうと少しかわいそうに思った。不幸な話を聞いてて悲しい気分にもなった。だが、これはあくまで他人の話――自分とは別世界の人の話だった。

でも手紙は……母から私への手紙はあまりに……。読みたくない。私には読めない……。

3

「私はこれで」ブライアナは席を立った。「今日はお時間を割いてくださってありがとうございました。おかげで実の母や彼女の家族のことがわかりました」背を向けて帰ろうとした。

「どこに行くんだね？」ピーター・ランドリスは退去の言葉にとまどいを見せた。

「仕事がありますから」軽く振り向いて答える。

「しかし……」

「送るよ」いつの間にかネイサンが横にいた。

「しかし、まだ話が終わっていない」後ろでピーターが言う。「レベッカの死、ブライアナの相続問題、話すことはまだまだ……」

「一日で聞かされるには、もう十分すぎるくらいですよ」ネイサンは父親をたしなめてから、ブライアナに優しく言った。「どこへでも送っていくよ」

「忙しいんでしょう?」オフィスからも、二人のランドリスからもブライアナは離れたかった。「私はバスでも、タクシーでも帰れます」

「僕は暇だよ」ネイサンは廊下に出ながらそっとブライアナの腕を取った。「この辺りはバスの時間がひどく不規則だ。それに、送っていくと言ってるのに、タクシーでよけいな金を使うことはない」

ブライアナはもう反論しなかった。彼がヘイゼルに外出を告げるのを黙って横で待ち、受付を通りかかった灰色の髪の男性が彼と言葉を交わしても別に気にせずにいた。ただ、二人で受付を出るとき、その人にじっと見られているのを感じた。レベッカの娘だとわかる人がここにも……?　ひどく変な気分だった。今まで存在さえ知らず、この先も会うことのない女性に自分がそんなにも似ているなんて……。

「叔父のロジャー・デイビスだ」建物の裏手の駐車場に向かいながら、ネイサンが説明した。「母の妹と結婚した」

そしてネイサンの父親のパートナーでもある。これこそファミリー・ビジネスだわ。だけど、ランドリス・ファミリーは、私の母親と私の家族についてやたらと詳しい。詳しすぎるくらいだ、とブライアナには思えてきた。「ネイサン……」

「さあ、どうぞ」ネイサンは緑色をしたセダンのジャガーにキーを差し込んで助手席のドアを開けた。

「行き先を言って」自分も隣に落ち着くと言った。

ブライアナは勤め先の病院の名を告げた。ネイサンの一貫した姿勢は運転でも変わらなかった。最少の労力で的確に仕事をこなし、しかも感情は一切示さない。往来の激しい交差点で、ジャガーの前を一台の車が無謀に横切ったときでさえ冷静だった。どんな状況でも冷血人間は変わらないと見える。

「今晩僕と夕食を一緒にどう?」

あまりに印象とかけ離れた言葉だったので、ブライアナは一瞬言葉につまってしまった。冷たいネイサン・ランドリスが私を食事に誘っている!

「どうして?」とっさにきいた。

濃い眉が上がり、唇がゆがんだ。視線だけは前方に据えたままだ。「男の誘いに、君はいつもそんな答え方をするのかい?」

緊張も少し解けてきて、ブライアナは軽く笑みを浮かべた。「違うわ。でも今のはふつうの誘いじゃないもの」

「正真正銘ふつうの誘いだ」

ブライアナは目を見開いた。「本当に?」

「本当だ」感情のない声で言う。「それとも、誘いを受けたらいやがるような男友だちでもいるの?」

わざとさりげないきき方をしたようにブライアナには感じられた。だけど、彼が私の恋愛に興味を持つ理由などさっぱり思いつかない。いくら夕食に誘ってくれたといっても……。「今は誰もいないわ」ほほえんでみせた。

少し前まで職場の若い医師とつき合っていたが、彼とは、お互いに納得したうえで三カ月前に別れていた。ジムは夜間、ブライアナは昼間の勤務。ただつき合い続けていくだけでも、最後にはそれが大変なストレスになっていたのだ。

「それならもう一度言おう。今晩夕食を一緒にどう?」ネイサンは返事を迫った。

ブライアナは頭の中でくり返した——どうして? 彼が衝動的に何かをする人だとは思えない。それどころか全く逆よ! どんな言い方をしていようと、これはふと思いついて誘ったんじゃないわ。

ネイサンは彼女を見てにっこりした。笑うと、冷たい超然とした人物が、魅力的で人好きのする男性に変わった。昨日と同じだった。危険なほどにすてき！　同じひとりの男性なのに。でも……。

「私がイエスと言ったらいやがるような女友だちはいるのかしら？」感情を抑えて言った。

ネイサンの口もとがまたゆがんだ。「今は誰もいないな」さっきのブライアナの言葉をくり返す。

思ったとおりだわ。女性とつき合った経験がないと思ったわけではない——経験ありとはっきり彼の笑顔に書いてある！　ただ相手がいるうちにほかの女性を誘う人には見えなかったのだ。だいいち、彼が自分からことをややこしくしたりするかしら。

「そういうことなら、イエスよ」

条件つきで承諾したものの、ネイサンは喜ぶでもなくただうなずいた。「八時に君の家に電話するよ。住所はわかってる。いや、オフィスのファイルで見たからね」質問を見越したようにつけ加える。

そうよね。ほかにも個人的なことや、今日まで私が知らなかったことがたくさんファイルされているんだわ。でも内容の大半はまだ知ろうという気になれない。レベッカが遺《のこ》したという手紙も！

手紙についてじりじりと好奇心がつのっていくだろうことは、ブライアナ自身にもわかっていた。今でも内容を知りたいとは思う。二十一歳になる娘にレベッカは何を伝えたかったの？　彼女は赤ん坊を愛していた？　それとも人生をつまずかせた原因だから憎んでいた？　父親の名前は書いてあるの？　そもそも誰が父親だか彼女は知っていたの？

でもそれがなんなの？　私には関係のないことよ。これは過去の話で、主人公はとうに土の中……。

「彼はまだ生きてる」ネイサンが静かに言った。

「え？」ブライアナはぎくりと顔を上げた。すんなり頭の中を読まれたような気がしたし、今聞いた言葉も驚きだった。たしか、レベッカは子供の父親の名前を言わなかった、だから誰も知らないと……。

「君のおじいさんだよ。ジャイルズは生きている」

すぐには理解できずに、しばらくはただじっと相手を見つめるだけだった。私の祖母と母親に悲惨な人生を送らせた男が生きているの？　フェアじゃないわ。家族をひどいめにあわせた人よ。

「聞いてるのか、ブライアナ？」ネイサンが眉をひそめた。「君の……」

「聞いてるわ」硬い声で答えたときはもう病院だった。早いと思うと同時に心からほっとした。「ネイサン、送ってくれてありがとう」明るく形だけの笑みを向けた。「それじゃあ、今夜」

エンジンを切ると、ネイサンは体を回して片手でブライアナの手を握った。「すぐに落ち着くさ。ショックがおさまるまでの辛抱だよ」

「おさまるときが来るのかしら」ブライアナは自嘲《じちょう》ぎみに笑った。「ビクトリア女王時代の小説に引き込まれた気分よ。時間も、私の理解も超えた小説。だって私以外はみんな筋を知っているんですもの。時間……そうだわ」あわてて腕時計に目をやった。「昼休みを三十分も過ぎてる」

ネイサンは手を引っ込めた。「じゃあ、八時に」

ジャガーもドライバーもまだそこにいるとわかっていながら、ブライアナは振り返りもせずに病院の階段を駆け上がった。彼の手が離れたあとでも、長くほっそりした指の感触と温かさがまだ残っていた。ネイサン・ランドリスに惹《ひ》かれてしまうなんて。これで面倒の種が増えてしまった。それでなくても大変なことになっているのに！

「ひどい男だ！」ブライアナからレベッカの父親の話を聞いた父は不安げな表情になった。

「全くよ」父親に夕食を出してから、ブライアナは一緒に座ってコーヒーを飲んでいた。ゲアリーはさっさと食事をすませて、いつものようにまた外出している。「わくわくしながら鼻っ柱を殴ってやれて、それでも絶対後悔しないような男だわ」日常の場に戻った今、ピーター・ランドリスのオフィスでの記憶は夢のようにぼんやりしていた。暴君だと思った祖父の話も、もはや現実みを失っている。

父はブライアナをしげしげと見やった。「ということは、会うつもりなのか？」

「とんでもない！」ブライアナは笑い飛ばした。「ジョアンとレベッカを抑えつけた男でも、私に同じことはさせないわ。気むずかしい老人は勝手につむじを曲げていればいいのよ」顔をしかめた。「過去の話としてそっとしておくべきだと思うわ」

父にはオフィスで聞いたことを全部話したけれど、手紙の件だけは言わずにおいた。悪いとは思うが、自分でも判断しかねている問題だから、話したくなかった。父は過去が家族の生活に立ち入るのを嫌ってはいても、レベッカの手紙があると知れば、読むだけでも読んだらどうかと言うに決まっている。

「なのに今夜はネイサン・ランドリスと食事をすると言うんだな？」父はわけがわからないという顔をした。一緒に食事ができないのはこの約束があるからだと、ブライアナは父と弟に話していた。

頬が熱かった。「だから……この問題とは関係ないの」彼女の中では関係なかった。謎《なぞ》めいたネイサンに、ブライアナはいつの間にか興味を持ってしまったのだ。

父は顔をしかめた。「それならなんのためだね？　実の母親について話をしないのなら、どんなふうに過ごすのか想像もつかんよ」そう言って首を振る。

「つくの！」ブライアナは立ち上がると、茶目っ気のある笑顔を向け、愛情を込めて父の頬にキスをした。「先に寝ててね。遅くなるかもしれないから」

父には強がってみせたものの、ブライアナ自身もどういう夜になるのかちょっぴり不安だった。わかっている限り共通の話題はないし、つながりはビジネスだけだが、母の話をする気はない。静かな食事になりそうだった。あっという間に終わるかも！

ところが心配は杞憂《きゆう》に終わった。母の話を避けたいのは向こうも同じだったらしい。それにネイサンは知識が豊富で話し上手だった。二人はすぐにゴルフという共通点を発見した。ブライアナは週末によく父親とプレイするが、そんな彼女にネイサンはプレイ中のいろいろな楽しい話をしてくれた。

「これは、いつか一緒に回らないとだめだな」

ブライアナは話に聞き入るというより、話し手のほうに見入っていたので、最後の言葉を理解するのに少し時間がかかってしまった。そして理解するなり、また父と話したときと同じで頬に赤みが差した。

ネイサンはやれやれというように首を振った。

「全然聞いてなかったようだね」おもしろそうに濃い眉を上げる。

でも、注意力がこれほど散漫になっていたのは彼のせいだった。仕事場でのスーツ姿の彼は、自信にあふれて立派だった。それが少し前に迎えに来てくれたときには、想像以上に印象が変わっていたのだ。黒いディナースーツに真っ白なシャツ。シャワーを浴びてきたらしく髪はまだ湿ったままだった。黒ぶち眼鏡まで外していて、淡いブルーの目をふち取ったあきれるほど長くて濃いまつげがはっきりと見える。まるでスーパーマン！

「眼鏡はどうしたのかなって、ちょっと考えてたの」ブライアナはとっさにごまかした。思っていたことを正直に言えるはずはない。

「本当に？」からかうような調子が、実は全然違うくせにと言っているように聞こえる。「眼鏡をかけるのは字を読むときだけだよ」

「それと運転するときね」病院へ送ってくれたときを思い出して言った。今もかけてくれればいいのに。

眼鏡をかけたネイサンは、気さくな雰囲気とはほど遠い。ブライアナは急速にわかってきたのだ。近寄りがたいままでいてくれなくては私のほうが困る。

ネイサンは弱った顔をした。「いや、違うんだ」

「でも……」

「午後オフィスを出るときは、外し忘れていた」

ネイサンもオフィスでの話に動揺したということだ。なぜかしら？　彼と彼の父親はレベッカを知っていたようだけれど、今生きているのはどうやらジャイルズだけ。結局、父子とも彼が嫌いなのだ。

ブライアナはにっこり笑った。今日は柔らかい髪を肩に下ろし、黒のドレスで装っていた。短めのスカートからは、長く形のいい脚が伸びている。この高級レストランについたときには、ドレスアップしてきてよかったと思った。相手がネイサンだから、連れていかれる先がファストフードの店でないことは予測がついていた。

「ゴルフは喜んでご一緒するわ。ただ、ひとつ忠告しておくと、私はクラブがようやく持てるほどの年から父のお供をしていたのよ」父はゴルフが大好きで、プレイで診療の疲れを発散させている。

「それならお父さんも誘うべきだな。パートナーを奪っては申し訳ない」彼は優しい笑顔を見せた。

ブライアナは返事をためらった。今夜、ネイサンが迎えに来たときに二人はちらっと顔を合わせていたが、父はいつになく堅苦しい応対ぶりで、仲よくなりたいふうではなかった。父を責めることはできない。ランドリス父子は、父が築いた家族の生活に容赦なく割り込んでこようとしているのだから。

「父はいつも忙しいわ」

「それに僕が嫌いだ」ネイサンは簡単に言い当てた。「責めてるわけじゃないんだ、ブライアナ」テーブルの上の彼女の両手をそっと包み込む。「同じ状況なら、僕だって娘に僕を近づけたくはない」

ブライアナは笑った。「文法的におかしな言い方だけど、言いたいことはわかるわ」

今度はネイサンがブライアナを見つめていた。淡いブルーの瞳に、冷たさはもうかけらもなかった。

「ブライアナ、笑った君は……」

「レベッカにそっくり、でしょ？」ばかげてると思った。二十年以上も前に死んだ女性に嫉妬《しっと》を感じはじめている。いいえ、嫉妬じゃないわ。ただ、私の知り合った男性にレベッカが強い印象を与えているから、それがネイサンだから……。

「僕が言いたかったのはそうじゃない」ネイサンは手を引いて、にらむように濃い眉を寄せた。

「違ったの？」疑うようにきいた。

「違う！」ネイサンの瞳がぎらついた。「君は……」

注文した料理が来たので彼ははっと口を閉ざした。ウエーターが去ると、身を乗り出してまた低くささやき出す。「ひとつ、はっきりさせておこう。この食事は君のお母さんとは関係ないんだ。君がレベッカの娘でなかったら彼女の話はしたくない。事実娘なんだから僕の意向を言っても仕方ないが、それでもできれば話したくない」

ブライアナは挑むように光を放つ瞳で応じた。

「私もそれでかまわないわ」

「よし」ネイサンは目の前のえびを、それがいらだちの原因であるかのように乱暴につつき出した。

ブライアナはそんな彼を何秒間か見つめていた。反抗心が薄らいで、茶目っ気が戻ってきた。「ネイサン」こわい顔をする彼にほほえみかけた。「リラックスして食事を楽しんだらどう？　えびはなんにも悪いことをしてないのよ。それに、あなたはともかく、私はお昼抜きでおなかがぺこぺこなの」

ネイサンはじっとにらみつけてきたが、忠告を受け入れたらしく、すぐに肩から力が抜けていった。

「君には腹が立つよ、ブライアナ・ギブソン」

「よかった」ネイサンの怪訝《けげん》そうな顔ににっこり笑いかける。「退屈だと言われるより、腹が立つと言われるほうがうれしいもの」

ネイサンは上目遣いで答えた。「心配無用だ。退屈だなんて絶対に言いはしないさ」

「でもほかにいろいろ言うんでしょ？」ブライアナはパテを楽しげに口に運んだ。

「たぶんね」ネイサンはそっけなく答えた。

ブライアナはくすくす笑った。「あなたはとても人間的だわ」満足げに言った。「昨日初めて会ったときにはわからなかったけど」不思議そうな顔をする彼を見て言い添えた。

ネイサンはまだすっきりしないようだった。「なぜ、ときいて突きつめないほうが賢そうだ」

「そう思うわ。ねえ、ネイサン」パテを食べ終えたブライアナは、テーブルに肘をついて、重ね合わせた指に顎をのせた。「母のことを話すつもりがないのなら、なぜ食事に誘ったの？」素直な目を向けた。

えびの殻をむいていたネイサンは、ブライアナの質問に手がすべって、むき終わらないまま、えびを皿に落とした。「くそっ！」ネイサンはいらいらと指をボウルの水につけた。「やめた」むっつりした顔で体を起こす。「君の話は消化に悪い！」

質問に答えていない……。たぶん、とブライアナは悲しい気持ちで思った。答える気もないのね。

ブライアナは彼の皿に手を伸ばして器用にえびの殻をむいた。「はい」むいたえびを差し出した。「あなたもお昼抜きなんでしょう？」硬い表情で見つめ続けるネイサンになおも勧めた。

ネイサンは視線をブライアナに据えたまま、ゆっくりと身を乗り出した。「君はいつもそう……」

「指図ばかりするのかって？」彼が取ってくれそうにないのでえびを皿に戻し、別のえびを取ってむきはじめた。「たぶんね」さっきのネイサンの答えをそのまま返した。

「僕は、率直なのかときこうとしたんだ」ネイサンはえびを口に入れた。「でも指図屋というのもぴったりだな」目が笑っている。

だめ。彼には笑いかけてほしくない。笑顔を見るとどぎまぎしてしまう。私の過去、それも知りたいかどうかよくわからない過去と関係している人にこれほど惹かれているなんて、最悪だわ！

「あなたのような人はまだおうちにいるの？」ブライアナは唐突にきいた。手はえびをむき続けていたが、彼はそれを喜んでくれているようだった。「つまり、兄弟はいるのかしら？」また失礼に聞こえる言い方になってしまったと気づいて訂正した。

「言ってる意味はわかってるよ、ブライアナ。答えはノーだ。君と同じでひとりっ子なんだ」

ブライアナはかぶりを振った。「私には弟がいるわ。ゲアリーといって、大学進学を目指している十七歳よ」ことさらに間違いを指摘した。

「ごめん……。僕は兄弟のいる人がうらやましいよ」ネイサンはさらりと続けた。「ひとりっ子はさびしくて。でも母は何かにつけてよく言っていたな……」口もとが冷たくゆがむ。「出産は一度でたくさん。もう義務は果たした、跡継ぎは産んだとね」

言葉に感情がにじんでいた。彼の母親が息子の成長期にどんな影響を与えたのか、ブライアナは容易に察することができた。これでネイサンが冷たい超然とした態度を覚えた経緯を想像できる気がした。さびしい子供時代だったと彼は認めたのだ。

もうひとつ、自分もひとりっ子だと言った意味もわかっていた。実母の子供は私ひとりだけだ！

「父によれば、初産のあとはみんなそう思うんですって」ブライアナはさりげなく言った。「でもふつうはだんだんに忘れてしまうと。父は産科医なの」

尋ねるような顔を見て答えた。「皮肉だわ、父が産科を専門にしたなんて。私の両親は子供ができなくて苦しんだのよ」低い声になった。

ネイサンは探るような目をした。「皮肉だと思う？」

「思わない？」全部のえびをむき終わったブライアナは、ボウルの水で指先を洗った。

「まあね」ネイサンは肩をすくめた。「家族か親友が病気で死んで、科学者がその分野の研究をしようと思うのに少し似ているんじゃないかな」

「家族か親友が犯罪者だったから弁護士になろうと思うのにもね」ブライアナは冗談まじりに言った。「それで法律を打ち破る方法がわかるわ」

ネイサンは眉をひそめた。「僕は仕事をそんなふうに考えたことはない」

またお堅い顔が戻ってきた！「そう？」軽く返してから、からかってみた。「ぶしつけすぎた？」

「そんなことは……」

「ネイサン、人生はとても深刻なものよ」ブライアナはそっとたしなめた。これは自分が身にしみてわかっていることだった。「笑い飛ばすことを覚えないと、降ってくる問題に押しつぶされちゃうわ」

「今日、父のオフィスにいた君は笑っていたように見えなかったが」

「ええ」ブライアナは視線をそらした。「今日はだめだったわ。でも笑ってみせる」きっぱりと言った。そう、いつか。きちんとすべての片がついたときに。

「すまない、ブライアナ」ネイサンは再びブライアナの手を握った。「僕の言い方が悪かったよ。今夜誘ったことだけど、君を元気づけるつもりだったんだ」恥じ入るように言う。

「そういう理由だったの」ブライアナはからかい口調で責めた。「私を好きなのかと思ってたのに」

「好きだとも！　ブライアナ……君のような人は初めてだ」ネイサンは彼女の目が楽しそうに笑うのを

見ると、手を引いて注文していた白ワインに口をつけた。喉を湿さずにはいられないようだった。

「もう会いたくないとか？」笑ってきいた。「いつもはどういう女性を食事に誘うの？」興味があった。

食べ終わった皿をウエーターが器用に下げていく。

「ブライアナ……」

「好奇心よ、ネイサン」ブライアナはとまどう彼をさえぎった。知りたかったのだ。三十五歳になるまでどうして独身でいるのか……。母のジーンがよく使った言葉だが、たぶん気むずかしすぎるのだろう。

ネイサンは首を振った。「ふつう、最初のデートでほかの女性の話はしない」そっけない答えだ。

また、お堅い顔になった……。「はっきりさせましょう。私はふつうじゃないわ。だから答えて」なおも苦り切ったようすのネイサンに笑顔で迫った。

「一度は婚約していた。だが、うまくいかなかった。それからはあまり女性を食事に誘ったことはない」最後は沈んだ声になっていた。

婚約してたの……。どんな人だったのかひどく知りたかった。しかし、挑戦的なネイサンの表情からして、ここは自重したほうがよさそうだ。このペースだと、彼は食事を食べ切れずに帰ることになる。

「いつごろの話？」

「五年前だ」答え方が用心深い。

ブライアナは眉を上げた。「そんな人に誘ってもらえて、私は感激だわ」本心だった。もっとも、ネイサンは後悔しているように思えるけれど！

皮肉だと感じたのか、ネイサンは探るように見つめてきた。しかしブライアナはまっすぐに視線を受け止めた。当然だ。もともと皮肉ではないのだから。

「最初のデートって言ったわよね。それはまた誘う気があるってことかしら？」

「それは夜の最後にきいてくれないか」驚きに声をつまらせた彼は、メインの料理が運ばれてくると、注意がそらされて明らかにほっとしたようだった。

が、ブライアナは頓着《とんちゃく》せずほほえむ。「そのころにはお互い口をきかなくなってるかもしれない」

二人きりになると彼は目を上げた。「僕は黙り込んだりしない。言うことは言って終わりにするよ」

そのときは、きっと辛辣《しんらつ》な言い方をするのね！

それでも、ブライアナには楽しい夜だった。出会いがどんなふうであれ、ネイサンが好きになった。体が彼を強く意識し、見つめながら何度か親密な状況にある自分たちを想像してぼうっとしてしまった。

「私もそうよ」ブライアナは軽く答えた。でも、今考えていることはとても言えない！

「だろうな。さあ、冷めないうちに食べて」

「イエス、サー！」おどけて食べはじめた。ブライアナには初めてのレストランだった。だが、生活スタイルが違うのだから驚くことでもない。料理がおいしくて大喜びで食べていたのだが、気づいてみるとネイサンがじっとこちらを見つめていた。「どうかした？　口の端にアスパラガスでもついてる？」

どう見られているのか気になった。

ネイサンはほほえんで首を振った。「君の人生への姿勢が食べ方にもあらわれてると思ってね。つまり、真正面からぶつかっていく」

ブライアナは肩をすくめた。「だって、そういう育てられ方をしたんですもの」

「非難はしてないさ、ブライアナ。とても新鮮だ」

彼の育てられ方とは大違いなんだわ、とブライアナは思った。そう、子供が人生をどうとらえていくか、親には大きな責任がある。ネイサンの言ったように、私は何に対しても闘志を燃やして正面からぶつかる。そして、ネイサンはもっとずっと慎重だ。

といっても、実の母親の件ではとても真正面からとはいかなかったけれど……。

ブライアナは苦しげに言った。「ネイサン、レベッカのことは話題にしないと言ったけど……」

「それが?」今度はネイサンが慎重にかまえた。

「どうしても知りたいことがあるの……」

ネイサンはまだ半分しか食べてない皿にナイフとフォークを置いた。「ブライアナ、この件で君と話をするのは適当じゃない」

「今は仕事と関係なく楽しんでるときだから?」

彼は首を振った。「レベッカは父のクライアントだ。僕は彼女の家族を知ってるから、いくらか事情に通じているにすぎない」

「でも、私が知りたいのは法律じゃなくて、公的な記録についてなの。ききやすいと思ったのよ……」

ため息をついた。「あなたからのほうが」

ネイサンの表情が張りつめた。「お母さんのことを僕が話していいものかどうか。君と会ってまだ二日だよ、ブライアナ。それに、何か話したために僕が嫌われ役になるのはごめんだ」

彼の視線をブライアナはまたしっかり受け止めた。濃いブルーの目と冷たいブルーの目がぶつかる。

「ネイサン、私は母がどうして死んだか知りたいの」かすれた声で言った。「たった十八歳だったのよ!」

昼間、オフィスでは避けた質問だったが、今は知りたかった。知らなければならなかった。

深く息を吸ってネイサンは呼吸を整えた。「そんなことだと思ったよ」重い口調で言って首を振る。

「だけどちょっと……」

「話して! まだいろいろ知ってるのよね。レベッカの死因も知ってるんでしょう?」今では知ることが緊急課題になっていた。おそらくそれが自分の態度を決める根拠になる。「お願いよ、ネイサン」彼の手を固く握った。「知らなくちゃならないの」

「話さないとは言ってないよ、ブライアナ」優しい声だった。「ただ、場所が悪い」

「ここほど適当な場所はないわ」すぐに反論した。

ほかの場所では過剰反応してしまいそうだった。いつの間にかレベッカを身近に感じはじめている。死因を聞けばひどいショックを受けるかもしれない。

ネイサンは探るような目になった。「父から聞いたほうがいいと思うんだがな」

「お父さんからはいやなの」気持ちを込めて言った。「ブライアナ、僕は話したくない！」

「あなたは話してくれる」ブライアナは言い切った。

自分の気持ちと戦っているのだろう、ネイサンは震える息を吐き、うなずいた。「わかったよ」疲れた顔で言い、手の平を返して彼女の手と固く組み合わせた。「レベッカは無事にお産を終えた。自分を出産したから死んだと君が考えているのなら、そんな考えは忘れることだ」安堵《あんど》しているブライアナに、低く続ける。「レベッカは若くて健康で、お産は完全に正常だった」

ブライアナは混乱して頭を振った。今度のことにあえて目を向けようとしたとき、自分のせいでレベッカが死んだのかとこわかった。でも、話を聞いてよけいわからなくなってきた……。

ブライアナは眉を寄せた。「それで……？」

ネイサンは握った手に力を込めた。「産後の二カ月間でレベッカは養子縁組や遺書作成の雑事を全部片づけた。ギブソン夫妻に君を渡した二日後……」

彼は言いよどんだ。つらい話に違いなかった。

「話して、ネイサン」ブライアナの声は震え、瞳の色は暗く沈んでいた。

ネイサンは再びため息をついた。「君を渡した二日後、レベッカは電車の走ってくる線路に静かに入っていった」

ブライアナは呆然《ぼうぜん》として彼を凝視した。恐ろしさと、信じがたい気持ちが交錯した。

自殺！

レベッカは自殺だった。

4

「出よう」ネイサンは無愛想に言って、ウエーターに勘定の合図をした。

　ネイサンが支払いをする間も、彼に腕を支えられて外に出る間も、彼の車に乗り込む間も、ブライアナはほとんどうわの空だった。

　自殺。レベッカは自分で命を絶った。

　どんな答えを予期していたのか自分でもわからない。でも、自殺だとは思わなかった。快活で、よく笑う美人だったとネイサンは言った。それなのに死を選ぶだなんて。どうしてなの？

「答えはレベッカだけが教えてくれるよ」しんとした車内の暗がりでネイサンが優しく答え、それで初めて胸の苦しみを声に出していたのだとわかった。「だけど僕が思うに、君を手放した彼女は生きる理由を失ったんじゃないかな」

「じゃあ、なぜ手放すの？」若い命がむだにされたと思うと語調が荒くなった。「若くてお金もあったんでしょう。子供と二人、十分な暮らしができたはずよ。手放すことなかったじゃない」

　ネイサンは首を振った。「ジャイルズを忘れているな。彼は娘の妊娠に怒り狂ったんだ。あまりの剣幕にレベッカは出ていった。ただひとつの家庭であり家族だったのに、家出してロンドンに移って君を産んだ。十八歳でだよ、ブライアナ。母親の遺《のこ》した金はあっても、まだ十八だ。自分の面倒も満足に見られないのに、子供の世話まではとても無理だ」

「でも……」

「それに」ネイサンは悲しげだった。「いつかは父親に見つかるとわかっていたんだろう。そのときは子供を手放せと言われるか、二人そろって連れ戻されるかだ。自分の子供時代の経験があるから、あとのほうが何倍も耐えられなかったと思う。どうせ強制されるのなら君を手放そうと、レベッカは自ら決心した。しかし父親を満足させる行為だけは拒否した。一緒に住むより、むしろ死ぬほうを選んだんだ」

ひどい。残酷だわ。ひとりの人間がそこまで誰かを支配できるものなの？「許せない」ブライアナはきっぱりと言った。「許せない……会ったこともないけど許せない」嫌悪に体が震える。「ごめんなさい」はっとして声がつまった。

ネイサンは気づかわしげにブライアナを見やった。「こんな話を聞かされたんだ。当然の反応だよ」

「そうじゃないの。痛くなかった？」そっと彼の手に触れた。二つの三日月形がくっきりと残っている。今、母親の話を聞かされていたときに、ブライアナが強く握ってつけた爪跡だった。血まで出ている！

「痛かったわよね」小さくつぶやいた。こんな傷をつけられたのに、彼は顔に出すことさえしなかったのだ。

「君こそ心を痛めてる。気にすることはない」

自分でも気づかないうちに、ブライアナは二つの爪跡にキスをしていた。「本当にごめんなさい、ネイサン」そう口にするのがやっとだった。

「ブライアナ……」

長いまつげにふち取られた目を上げたブライアナは、彼の表情の変わりように、淡いブルーの瞳の熱っぽさに目を見張った。彼がここに、こんなに近くにいる。「ネイサン……？」息が苦しい。胸がどきどきする。

「ああ！」熱くうめき、ネイサンはブライアナの唇を奪った。それは手荒くも強引でもなく、心が締めつけられるように優しいキスだった。

ブライアナは彼の首に手を回してキスを返した。ネイサンは彼女の体を支えながら、片手で背中をなでさすり、もう一方の手をうなじの髪にからませていた。キスが激しさを増し、熱い炎にも似た情熱が二人の間に燃え上がった。

冷血人間は溶けて消え、官能的に肌を寄せてくるネイサンがいた。キスとともに愛撫《あいぶ》が激しくなっていく。彼の片手は胸を下から包み、舌はぬれた柔らかい下唇を悩ましげになぞってくる。

が、次の瞬間、ネイサンは突然身をよじり、ブライアナを座席に強く押し戻すと、自分は運転席のドアにもたれた。荒い息づかいで表情が厳しい。「軽率だった」彼は苦しげに言った。

ブライアナは自分の顔色がもう青くはないとわかっていた。頬は熱く、キスを受けた唇がわずかにふくれている。目は深い青に輝き、彼に触れられた体がうずいている。「そうね、車の中じゃ……」

「場所のことじゃない」ネイサンは姿勢を正して車のエンジンをかけた。「家まで送ろう」

ブライアナは彼をまじまじと見た。場所でないなら、キスをしたのが間違いだと思っているのだろう。確かに今の状態ではそうかもしれない。でも、ただのキスなのよ。そんなにむずかしい顔をすることないわ！

だがネイサンの表情は硬く、冷血人間どころか、昨日会ったときの取りつきにくい印象そのままだった。キスがなくても、今さらそんな態度は遅すぎるとブライアナは思った。彼は私の過去も現在も知っている。私だってネイサンについて言葉で語られた以上のことを知っているのに。たぶん、そこが彼の欠点でもあるんだわ。ネイサンは外見でも精神的にも、他人を寄せつけない感じがある。

家の前まで戻ると階下に明かりがついていた。父が起きているようだったが、デート相手に送ってもらうことは前にもあったから、別に困るというわけではなかった。ただしコーヒーでも、とネイサンを誘ったところで、返ってくる答えはおそらく……。

「明日は法廷に出るんだ」誘いを予知したように彼が言った。「帰ったら資料に目を通しておきたい」

「今日はありがとう。楽しかったわ」

歩道の明かりでネイサンの口もとがゆがむのが見えた。「無理しなくていいよ」

「無理じゃないわ」料理を食べなかったのはネイサンのほうだ。

彼は手でそっとブライアナの頬に触れてきた。

「ブライアナ、今度のことで君自身が苦しんだり、変わったりしないでほしい」かすれた声で言う。

「それでなくても十分な悲劇だった。レベッカが君を遠くにやろうとしたことだって、そもそも君を苦しめたくなかったからだ」

ブライアナは困惑した。「それなら、今になってなぜまた巻き込もうとするの？」

「二十一にもなれば受け止められると思ったんだろうね」

「私が受け止められると思う？」

「そう願ってるよ。心の準備ができたら父に連絡して、レベッカの遺言を聞いたらどうかな」

そして手紙を読んだらどうか。言わなかったにしろ、声の調子がそう告げていた。

心の準備ができたら父に連絡をと言ったのは、つまり今日のデートを最初で最後にしたいのだ。

そう思うとがっくりした。ネイサンが好きだった。彼といると、ほかの男性のときにはない反応をしてしまう。けれど彼の気持ちは違ったらしい……。

「そうするわ」車のドアを開けて歩道に出た。「じゃあね、ネイサン。元気で」

「ブライアナ！」

「え？」名前を呼ばれ、彼の気が変わったのかと即座に振り返った。コーヒーのことではなく、さっき確信した、私とは会わないという決心のほうだ。

　ネイサンは唇を引き結んだまま、大きく息を吸ってから言った。「君も、元気で」

　ブライアナは落胆を押し隠して無理にほほえんだ。「ええ」家に向かって歩く。玄関の錠を開けて中に入るときも、車がまだ動いていないのはわかっていた。ジャガーは歩道わきに止まったままだ。

　ドアを後ろ手に閉めて力なく寄りかかった。ようやく車の低いエンジン音が聞こえてきて、ネイサンが去っていったのだとわかった。自分が涙をこらえていることに、ブライアナは驚いた。

　なぜ涙なんか。ネイサンにキスをされたから？　違う！　キスをされたのはうれしかった。ネイサンがもう誘ってくれなかったから？　いいえ、知り合ったばかりでそれはないわ。だったら、レベッカのこと？　子供と二人だと幸せな未来が見えなくて、でも子供がいなければ生きていけない。そう思った十八歳の女の子のこと？　そうよ……だって……。

「ブライアナか？」父親が居間から出てきた。ドアのすぐ近くにいる娘を見て不審そうな顔をする。

「そんなところに突っ立って。ここじゃ寒い……どうしたブライアナ、泣いてるのか？」頬にぼろぼろと涙がこぼれていた。「おいで、泣くんじゃない」父は娘に向かって両手を広げた。

　ブライアナは父親の胸に駆け込むと、優しい肩に顔をうずめて低くしゃくり上げた。「レベッカは……お母さんは、自殺だった。十八歳で自殺したって！」

「そうだ」父親は腕に力を込めた。「知ってるよ」

　ブライアナは唖然《あぜん》として顔を上げた。「知ってたの……？」

　父は深呼吸をひとつしてゆっくりとうなずいた。

「居間に入ろう。ここは寒い」

片手で娘の細い肩を抱き、暖かい部屋へと入る。コーヒーテーブルの上には本が開いたままで、隣には飲みかけのウイスキーのグラスがあった。

「酒の勢いを借りていた」ブライアナが驚いた目でグラスを見ると、父は言った。父はめったに飲まない。患者から電話があるかもしれないから、好きでも飲めないのだ。「こんな日が来るから気持ちを強く持たなくてはと、何週間も前から思っていた」ブライアナを肘かけ椅子に座らせる。「法律事務所がおまえのことを問い合わせてきたときからだ」そう言って首を振る父は五十三歳という年齢そのままに見えた。「おまえのママ……いや……ジーンは……」

「ママよ」父の顔を見つめたまま静かに訂正した。

「パパはレベッカを知ってたのね」

「知っていた」声が震えている。「ジーンも私も知っていた。時が来たら二人で一緒に話そうと、ずっと思ってきた」首を振る。「この数週間……苦しかった。昨日や今日に至っては悪夢だった。ジーンが二年前に死んでからは、一切考えないようにしてきた。おまえには別の……別の家族がいることを知られたくないと」顔がゆがんだ。「身勝手だな」

「身勝手じゃないわ。パパの気持ちはわかる。私だって今日ピーター・ランドリスがレベッカのことを話そうとしたとき、同じことを思ったもの」

両親がどうしてレベッカを知ったのか、ブライアナにはまだよくわからなかった。ショックもまだおさまらない。養父母と産みの母親は、本来顔を合わせないのがふつうだ。でもそれとは別に、何週間もひとりで重荷を抱え込んでいた父親がかわいそうでならなかった。父と母は常に助け合っていた。この二年、ひとりで親の役目を果たすだけでも大変だったのに、そこへこんなストレスだ。

「いやだったら、今は何も話さないで」

悲しげな笑顔が返ってきた。「ほら、酒の力がある。それに、おまえは知らなくちゃならない。中途半端な知識は無知より危険だよ」

否定はできなかった。今日、ピーター・ランドリスの前では話を聞くのがとてもつらくて、結局途中で帰ってしまった。でも今は答えてほしい疑問が山ほどある。いくつかは父が答えてくれるかも……。

せかさずに、父が自発的に口を開くのを黙って待った。酒の力があっても簡単に話せないのはわかる。だけど急ぐ理由だってどこにもない。二十一年待ったあとだもの、あと少しくらい待ってみせるわ。

父は立ったまま、落ち着きなく暖炉の前を往復した。「二十一年前、私はある病院の勤務医だった。おまえのママはX線科で働いていた。結婚して六年、子供がほしいと思い続けて三年がたっていた。いろんな検査をしてわかったのは、私の精子が少なくて、非常に子供ができにくいということだった。私たちは養子を取る道を選んで、適格者と認められた。あとは赤ん坊を待つだけだ。そのころ、ひとりの女の子が妊娠十八週で検診に訪れた……」

「レベッカね」

「レベッカだ」しんみりと答える。「すべて合法的な手続きだったんだよ、ブライアナ。レベッカは私の患者ではなかったが、子供は養子にという彼女の意志は固かった。それもできるだけ幸せになれるよう手配してあげたいと言っていた」

「おかげで私は幸せだったわ」ブライアナは感謝を込めて言った。子供の親になってもらうのに、ギブソン夫妻以上の人は探せなかったろう。

レベッカは慎重に考えて今の父と母を選んでいた。ブライアナにはそれがはっきりとわかった。子供は見捨てられない。望まれない子供をほうり出すことはできない。だからレベッカは、娘を信頼できる相手に委《ゆだ》ねたことをしっかりと確認していた……。

「ありがとう」父は小さく言った。「数カ月たつうちにレベッカの人柄もわかってきた。出産にはジーンが立ち会った。レベッカは産後二週間を私たちと一緒に暮らして、そのあとおまえと出ていった。引き渡しまでの数週間を赤ん坊と二人で過ごすためだ。そんな短い期間でも、ジーンはおまえと離れるのを不安がった。だが、それくらいは認めてあげるのが私たちの義務だよ。六週間後、養子縁組の法的な手続きをしにレベッカは戻ってきた。静かに子供を渡してくれたのが……最後だった」言葉がとぎれた。

「レベッカは二日後に死んだ」

これでよくわかった、とブライアナは思った。レベッカは養父母の手に娘が渡るのを見届けて、それから自分の命を絶っていた。子供がいなければ、もう生きる理由はないと……。

「それまでに父親の名前は言わなかったの?」

「奥さんがいる人だからと絶対に言わなかった」父親は首を振った。「言っても誰のためにもならない、たくさんの人を苦しめるだけだとね」

「でも、彼女自身が苦しんでたのに。生きる支えをすべて失ってたのに!」

「力になりたかった」つらそうに言う。「ジーンと二人で、彼女とは何時間も話した。おまえを引き取りたい気持ちは強かったが、精神的な支えがわずかでもあれば、レベッカは子供を手放さずにすむかもしれないと思った。でも彼女は、もうたくさんの人が傷ついている、子供を手もとに置いても状況は悪くなるだけだと譲らなかった。ただおまえの名前だけは、レベッカが自分で考えたよ。考えてかまわないかときかれた。かまわないかと……」目に涙が光っていた。「私たちがどうして気にする? かわいいおまえは私たち夫婦の子になる。彼女に任せるのが、私たちがしてやれるせめてものことだった」

名前……ブライアナ……。ネイサンにも言われたけれど、よくある名前ではない……。

「まだあるんだよ、ブライアナ」

まだ？　このうえ何を話すことがあるの？

「病院に来たとき、彼女はレベッカ・ジョーンズという名前で受付をした。だが養子縁組でそれが偽名だったとわかった」緊張している。「本当の名字はマロリー。そして母親の旧姓、つまりジャイルズ・マロリーと結婚する前の名字はハリントンだ」

ブライアナはぽかんと見返した。そう言われても意味がわからない。わかるわけない。

ハリントン……。ネイサンはレベッカの母が裕福な家の出だと言っていた。結婚したジョアンにはお金があった。まさか……あのハリントン！

嘘《うそ》でしょうという目でさっと父親を見た。まさか。あのハリントンのはずはないわ。

「ハリントン出版社を知っているだろう？」父は穏やかに言った。

やっぱりあのハリントンなの！

「ジョアン・ハリントンはあの一大出版帝国を相続した男の妹だったんだよ」淡々と続ける。「ジョアン自身もかなりの株を相続して、彼女の死後は娘のレベッカが莫大《ばくだい》な遺産とともにそれを受け継いだ」

ブライアナはつばをのみ込み、乾いた唇を湿した。パパはレベッカ

「ネイサンは遺言のことを言っていたわ。パパはレベッカが……？が……？　ううん」内心ぞくりとしながら首を振った。私は別の人生なんかほしくない！

父親はブライアナの横にしゃがんで、不安そうな娘の手をしっかりと握った。「遺書のことは私もレベッカに聞いていた。まさかそのあとにあんな……。わずか数日後に亡くなるとは、ショックだった。たしか、ハリントン出版社の株は伯父に戻され、財産の大半は彼女の父親に遺されたはずだ。ブライアナ、おまえにも何か遺すと彼女は言い張ったよ。その分は信託にされたが、どれだけのものかは私も知らない」

「レベッカは私に手紙を遺してるわ」ブライアナは
とたんに顔を蒼白《そうはく》にして、困惑に目を見開いた。ネイサンの言葉がよみがえってくる――〝話が終わったときには、君は大金持ち……〟レベッカが遺したのは手紙だけじゃなかった！「信じられない」父親の話を受け入れたくなくて横を向いた。「パパもママもずっと知っていたの？」

「二十一歳になれば、おまえが母親から何かを相続するとは知っていた。具体的に何かは知らなかった……知りたくもなかった。平凡な家庭で、おまえを娘として育てられれば、それだけでよかったんだ。時が来ればジーンと二人で打ち明けるつもりだった。だから何カ月も前に話しておくべきだったが、ジーンがいないとどうにも……。すまない。おまえをできるだけ長く娘にしておきたかったばかりに」

「パパ！」ブライアナは振り返って胸に飛び込んだ。「私はずっとパパの、パパとママの娘よ。レベッカだってそう望んでいたじゃない」涙にぬれた顔で父親を見上げた。「この家の娘になって、愛情と笑い声に満ちた家庭で育ってほしいって。私は何があってもパパとママの娘だわ！」

けれど、今度こそレベッカの手紙を読まなければ。彼女にはそれだけのことをしてもらった。あの人の犠牲を考えると、読まないとは言えない……。

「またお食事の邪魔をしてしまいました？」ブライアナはデスクの向かいでむずかしい顔をしている男性にほほえみかけた。

「いいや」ピーター・ランドリスは答えた。「どうせ昼は抜くことが多いからね」

ブライアナは体をこわばらせた。「お見せした書類に不備があるんですか？」

「完璧《かんぺき》だ」ピーターはまるまる二分かけて、彼女が持ってきた出生証明書と養子縁組関係の書類に目を通していた。

「でもずいぶん、その……むずかしい顔ですわ」

「ネイサンも同席してほしいというのが、いささか……妙な要求だと思ってね」

ブライアナは目を見開いた。「ミスター・ランドリス、妙なのはこの件のすべてじゃないんですか？あなたはレベッカの遺言を二十一年間秘密にしてきたんですよ」今はその遺言が聞きたかった。だがネイサンにも横にいてほしい。彼の存在が必要だった。

「それが弁護士の仕事だよ、ミス・ギブソン」そっけない言い方は非難が気に障ったからだろう。「それに君の理解は正しくない。遺言の実行がまだなのは君に関してだけだ。理由は明確だ。君が二十一歳になったのはつい最近で、だから私は……」

「遅れてすみません」ネイサンが突然入ってきた。黒っぽい上着とストライプ柄のスラックス。昨夜の話どおり法廷用の服装だった。「ブライアナ」目もとがまた眼鏡の奥に隠れている。

ブライアナはこの眼鏡がひどく憎らしくなってきた。彼は字を読むためだけにかけるのではなく、眼鏡が砦《とりで》となることを十分に知ってかけている気がする。外界との間の砦。そして今は私との間の砦。

「ネイサン、ゆうべ、食事のお礼は言ったかしら？おいしかったわ」明るく顔を向けて、からかうように早口で言った。これで警戒を解いてほしい。

彼は父親を一瞥《いちべつ》し、視線を戻したときは唇が引き結ばれていた。「ゆうべ言ってもらったよ」

「食事？」案の定、彼の父親がきき返した。「ゆうべ二人で食事をしたのか？」

「今ブライアナに聞いたでしょう？」父親の非難の目をネイサンは挑戦的に受け止めた。

「わかった」どう見ても何もわかっていない。「おまえも知ってるように、ブライアナはおまえの同席を望んだ。ここは先へ進めるとしよう」

不満なんだわ。朝一番に電話して今日会ってもらえないかときいたときもそうだった。ネイサンも一緒にと頼んだからだ。あんな別れ方をした昨日の今日だけれど、彼にはどうしてもこの場にいてほしい。

「父とゆうべ話しました」二人に向かって言った。「母方の祖母の旧姓がハリントンだと聞きましたが、その関係の遺言には興味ありません」ピーター・ランドリスが口を開きかけたところを、さえぎって続けた。「レベッカの手紙が読みたいんです」小さく震える両手を膝の上で固く握り合わせる。

昨夜は横になったまま、ずっと考え込んでいた。ほとんど寝ずに考えて出た結論は、手紙を読むのが早ければ早いほど、次にとるべき行動を、それがなんであるにしろ決められるということだった。

「君への遺産はずっと信託に――」

「お金はいいんです。手紙を読ませてください！」

ブライアナの目がきらりと光ってピーター・ランドリスをにらんだ。

「遺産は大変な額で――」

「いくらだろうと関係ないの。ほしいものは全部持ってますから、そんなお金はいりません」

「しかし……」

「お父さん、遺産の件は少し待ったらどうですか」

ネイサンが口を開いた。ブライアナの目に反抗的な光を見たのだろう。彼は父親と違ってそれを気にしてくれたようだ。「後日また話せることですし、彼女がいらないと言えば、信託預金にして彼女の子供に遺すことも……落ち着くんだ、ブライアナ！」なおも文句を言おうとしたブライアナにきつい声が飛んだ。「レベッカがどんな人間であろうと、子供のために――君のために懸命だったことは事実だ。彼女の気持ちをむだにするんじゃない」

「ネイサン！」息子のプロらしくない態度に業を煮やしたピーターが厳しい声で制した。

ネイサンは平然と彼女を見つめている。「意地を張りたいなら張ればいい。だけど、ばかなまねはよせ」

「ネイサン、おまえのやり方は……」

「いいんです、ミスター・ランドリス」ブライアナは穏やかに言うと、口もとをほころばせてネイサンを見返した。「彼とは理解し合っていますから」同席を求めたのもそのためだった。私との間になぜか距離を置こうとしているけれど、彼だって二人の間の結びつきは否定できない。たとえゆうべの熱い出来事は否定したいにしても……。「ばかなまねはしないようにするわ、ネイサン」しおらしさを装った。

ネイサンは一瞬鋭い目つきになったがうなずいた。

「それを聞いてうれしいよ」

ブライアナは頬がゆるむのをなんとかこらえた。とんでもなく尊大になる人だ……だけど彼が好き。こういう妙な状況では賢明ではないだろうし、彼の父親も驚かせてしまう……。でもどうしようもない。

ブライアナはピーターのほうに向き直った。「手紙を、ミスター・ランドリス」かすれた声で促した。

ピーターはデスクの上のファイルを開いた。「内容は私も知らない」彼は手紙を取り上げた。息子そっくりの長くてきれいな指だった。「ひとりで読みたいだろうから……」

「待って！」きつすぎるほどとがった声で言った。「待って。お二人にはここにいてほしいんです」

ピーター・ランドリスは意外そうに眉を上げたが、黙ってうなずくと、手紙をブライアナに差し出した。

ブライアナは少しの間、読もうともせずにただ手紙を手にしていた。過去にも未来にも、本当の母親からもらうものはこれひとつきりなのだ。再会を迷惑がる母親もいるが、父グレアムによればレベッカは全然違ったらしい。養子となる子供の中で、自分は幸せなほうだとわかってはいた。

封筒の表にはただ一語、ブライアナとあった。自分の名前、死ぬ前に母親がくれた名前だ。

封筒を開ける手が小刻みに震え、中から紙を取り出すときには、はためにもわかるほど震え出した。いくらネイサンと彼の父親が同じ部屋にいてくれても、母親が一度だけ語りかけてくれる言葉を読むときには、ひとりでいるのも同じだった。

〈いとしい娘へ〉ではじまる文面を読み進むうち、ブライアナは目頭が熱くなり、嗚咽《おえつ》が込み上げてきた。

いとしい娘――こう呼ぶことを許してください。おなかにいるとわかったときから、あなたは私の愛する大切な娘だったのです。美しい女性になったのでしょうね。どんなに、どんなに手もとに置きたかったか。成長をこの目で見届けたかったか。でも無理なんです。誰かが苦しむのはもう十分です。代わりにすてきな家庭に託します。ジーンとグレアムはきっといい両親になって、あなたを自分たちと同じ立派な大人に育ててくれるでしょう。何より、本当の子供として愛してくれるはずです。

ブライアナ、私は賢い生き方はできませんでした。でも、あなたを産むまで私が苦しんだのは、全部自分のせいなのです。あなたは確かに愛から生まれました。あなたのお父さんはともかく、私は彼を愛しました。あなたにはつらい話ですが許してくださいね。あなたのお父さんは結婚していたのです。うぶな私は、彼もそのうち愛してくれると思ってました。妊娠がわかったときは、これで私のもとへ来てくれる、ほしかった家庭が作れると……。ばかでした。本当に。私は家を出て、あなたを産むまで隠れているしかなくなりました。

今はそれも終わりです。私はおなかの中であなたが育つのを感じ、動くのを感じ、生まれてからは二カ月間一緒に過ごしました。でももうお別れです。ジーンとグレアムの愛情深い手にあなたを託します。私がしてあげられる最後のこと、最初で最後のプレゼントです。あなたを愛しています。これからもずっと幸せでありますように。

あなたのことが大好きな母親、レベッカより

ブライアナは手紙を見つめて、もう一度ゆっくりと読み直した。省いてある話が多すぎる。つらい子供時代のこと。父親が暴君だったから家を出たこと。それから私の父親が誰なのかも。

どの話にも全く触れられていない。ただ便せんに薄いしみが残っていて、手紙が書かれたときに落ちた涙の跡だとすぐにわかった。読んでいるブライアナの頬にも熱い涙がぽろぽろとこぼれてきた……。

絶対に確かなのは、レベッカが自分を深く愛してくれたことだった。だからこそ養父母に託したあとには生きる理由を失った。こんなふうになることはなかったのに。全然違う人生だって送れたのに。

手紙をきちんと四つ折りにして封筒に戻した。硬い表情の顔を上げると、ピーター・ランドリスは驚いて、ネイサンは不安げにこちらを見守っていた。

なぜ？

自問するなり答えはわかった。あらわな反応に二人ともとまどっているのだ。今のブライアナは感情が先に立っていた。誰かを傷つけてやりたかった。レベッカが苦しんだように誰かを苦しめてやりたい。

「ブライアナ？」ネイサンが口を開いた。

「ネイサン」こうなってみると、彼にはいてもらわなくてもよかった。もう取り乱したりはしないわ。

「手紙は……役に立ったかね？」ピーター・ランドリスが軽い調子できいた。

役に立った？　いいえ、そうは思えない。でも心

のしこりを取り除いてくれた。もやもやが消え去って、気持ちの迷いがすっきりとなくなった。

「いいえ、特には」ブライアナは手紙をハンドバッグの奥にしまった。あとで、ひとりになってから読み返そう。「今日はありがとうございました」席を立った。「お二人にもうご迷惑はかけません」

「ブライアナ!」ネイサンのいらついた声で、ブライアナはドアのそばで立ち止まった。「君は、雰囲気が……変わったようだ。レベッカの手紙は……」

「娘を手放そうとする母親の手紙よ。とても、とても悲しい手紙。私だけに書かれた手紙よ」

「レベッカの弁護士には見せてもよくはないかね?」ピーター・ランドリスは立ち上がっていた。

「私がしたいことに弁護士は不要なんです」

ひとりになったらもう一度手紙を読んで、たぶんまた泣いてしまうだろう。でも私に関する限り、ランドリス家とのかかわりは今日で終わりだ。

「何をしたいと言うんだ?」ネイサンは今の言葉が重要だと感じたのか、きき返してきた。

彼の勘は正しい。だけどそれを言えば、ネイサンはいつだって正しいのだ……。

ドアに手を伸ばしながら、ちらりとネイサンのほうを振り返った。まともに顔は見なかった。頭の中ではいろんな考えが渦巻いている。「簡単なことよ、ネイサン」淡々と告げた。「本当の父親を捜すの」

「なんだって」ピーター・ランドリスがあえいだ。

「ブライアナ、本気じゃないだろう?」ネイサンも声が裏返っている。

「ネイサン、今みたいなときに冗談を言うと思うの? それもこんな話題で」

「なぜだ?」ピーター・ランドリスが声を荒らげた。

「見つけてどうする。レベッカはもう死——」

「そうよ。その彼女の死に責任があるのが、どんな人か知らないけど私の父親だわ。彼を見つけて事実を突きつけてやるの！」ブライアナはきびすを返すと、今までにない怒りを胸にたぎらせながら、今度こそ振り返らずにオフィスをあとにした。

危機感もなく自分の家庭でぬくぬくと平和に暮らしているんでしょうね。でも見つけてやるわ！

5

「考える時間も必要だよ」ネイサンが言った。昨日に続いて、ブライアナを車で病院まで送ってくれている途中だった――それも眼鏡なしで！　彼はオフィスからブライアナを追ってきて、彼女がいくら断っても車で送ると言い張ったのだ。「気持ちが落ち着くのを待って、ここはよく……」

「待つことないわ」そっけなく答えた。「私は落ち着いてるもの。母親がわかったから父親についても知りたい。しごくまともな論理よ」

ネイサンは厳しい目で一瞥《いちべつ》し、張りつめた低い声で言った。「好奇心だけじゃないだろう？」

ブライアナは身じろぎひとつせずにいた。復讐《ふくしゅう》のため――彼はそう言いたいのだ。でもまるで違う。私は執念深いたちじゃないわ。

それならなぜ？　ブライアナは自分自身にさえ答えられなかった。ネイサンの言うとおりなのだろう。私にはいろいろ考えてみる時間が必要かもしれない。ただあの手紙が、あまりに……あまりに……。

「ブライアナ、また泣いてるのか？」ネイサンは道路から病院の敷地に車を乗り入れると、玄関前に停車させた。「君の泣き顔を見るのはつらいよ」そう言って彼女を温かい腕で抱き寄せた。

なぜ涙が出るのかさえ、ブライアナはよくわからなかった。たぶん、手紙を読んでそこに自分への思いや愛情が感じ取れても、もうレベッカには会えないからだろう。十八歳だった彼女をかわいそうに思う。じかに知って愛してあげられていたらと思う。それでも実際にはレベッカは母親ではなかった。母親はジーン・ギブソンだ。これからもずっと……。

「レベッカはさびしかったのよ、ネイサン」彼の肩で声をつまらせた。「ひとりぼっちだったの」

「彼女はずっとそうだったよ」

ブライアナは体を引くと深呼吸で気持ちを静めた。頬の涙が乾いていく。「レベッカのお父さんに会ってみるわ」

「向こうは会いたがってない」ネイサンはわけ知り顔だ。「ジャイルズは昔よりずっと人嫌いになってる。めったに人前に出ないし、誰とも会わない」

「私は会ってみせる」

ネイサンは肩をすくめた。「ひと悶着《もんちやく》起こさずには無理だろうな」

ブライアナはゆがんだ笑みを見せた。「気づいてないの？　私はこうと決めたらやり抜く性格なの」

〝時間の取れない〟ランドリス父子に二日で二度も会っているのが何よりの証拠だ。

「わかってたよ」彼は平然と言った。「でもジャイルズはふつうの相手じゃない。君は今でも傷ついている。必要以上に傷つく君を見たくはない」

「彼にとって、私は孫だわ」

「その孫に、彼は二十一年前に背を向けた……」

「そしていまだに背を向けている。いいわ。やりたい放題をずいぶん長く続けている人のようだけど、そろそろ変わってもらわなくちゃ」

「あの年ではだめだろうな」ネイサンは首を振った。「もう七十歳で、年相応の頑固者だ。ジャイルズが過去を悔いて最後に和解、というシナリオは万にひとつもあり得ない。レベッカの葬儀にも出席しなかった男だ」

ブライアナは驚いて息をのんだ。娘の葬式に出ないなんてどういうこと？　レベッカが死んだのは自分の責任でもあるのに。だけど、こんなに驚く私もどうかしている。今まで聞いたジャイルズの話からすれば、不思議でもなんでもないじゃない！

「それでも会うわ」ブライアナは折れなかった。ネイサンは黙ってブライアナの顔を見た。固い決意を示す瞳と決然とした口もと。少しすると彼もようやく引き下がった。「そのようだね」ため息をつく。「仕方ない、僕が連れていこう。君の都合がよければ今週末でどうかな？」

ブライアナは目を丸くした。「ネイサン、あなたにはいろいろ親切にしてもらったけど、でもそこまでお願いするわけにはいかないわ」

「いいんだ、ブライアナ。どうせ週末はクレアモントに行く予定だ。君が一緒でも平気だよ」

「クレアモント？」ブライアナは眉を寄せた。「その村に私の祖父がいるの？」だとすれば、なぜネイサンがそこに行くの？　祖父は誰にも会わないとさっき言ったわ。なのにどうして彼が週末に会うの？

さっぱりわからない……。

「クレアモントは僕の生家の名前だ」ネイサンは答

え た。「ジャイルズは隣人だよ。ハリントン一家はイングランド北部の出で、バークシャーにある家は家族が休暇で過ごすためのものだった。ロンドンに近くて便利だからね。ジョアンがジャイルズと結婚して、家は二人に譲られた」まだのみ込めない顔のブライアナにさらに説明を続ける。「クレアモントは長男である僕の父が結婚して相続した。それでお互いよく知っているわけだよ」

ブライアナは混乱していた。ランドリス家とハリントン家はずっと隣人同士だった。ピーター・ランドリスとジョアン・ハリントンが若くて独身で、ネイサンもレベッカもこの世にいなかった時代から……。

ピーター・ランドリスがマロリー家に詳しいのはてっきり弁護士として接したせいだと思っていた。でも違ったのだ！　隣人だとは想像もしていなかった。ネイサンも彼の父親もずっと隠してたんだわ。

これですべてが少しずつ変わってくる。ブライアナは不審そうな視線をネイサンに向けた。

「その目はやめてくれないか。父も叔父もハリントン家とは仲がよかった。ジョアンが休暇のときは、よく一緒に遊んでいたようだよ。そんなわけで、互いに結婚したあとも、隣同士はとてもうまくいっていた」

「そう。でも、あなたの家族は隣で起こっている不幸を知っていたのよね。あなたの父親と私の祖母がそれほどいいお友だちなら、どうしてランドリス家の人たちは何もしなかったの？」非難を込めて言った。ジョアンとレベッカの死についてのピーター・ランドリスの動揺ぶりも、今となってはいくらかうなずける。「ジャイルズは暴君で、奥さんに冷たくて、娘には無関心で……」

「冷たいとか無関心だという理由では法的には何も――」

「法律ですって!」ブライアナはばかにした声を出した。瞳の色が濃くなっている。「人の心はどこにいったの? 優しさは……」

「ブライアナ」ネイサンがそっとなだめた。「気持ちはわかるよ……」

「わかるの?」鼻で笑った。「どうだか!」

「話を聞くんだ!」ネイサンに腕をつかまれたので、ドアを開けて歩道に飛び出すことはできなかった。

「君の言ってることは、すべてジョアンが決めるべきことだ。それに誰かが口を出せばジョアンとレベッカにとって悪い方向に進んだだけだった」

「ジョアンが自分で決められたとは思えないわ」

「君は自分に都合のいい見方をしているだけだ」腕をつかむ手に力が入る。「みんな力になろうとしたさ。可能な方法でね。でも、君は信じないかもしれないが、ジョアンは夫を愛していた。レベッカも学校の休暇を家で家政婦とさびしく過ごしていたばかりじゃない。昼間は僕たちの家にいた。僕は一緒に釣りに行ったし、クリケットだって——」

「木登りもした?」ブライアナが割って入った。ネイサンと母とが一緒に遊んでいる姿を想像すると、怒りもいくぶん薄らいだ。あとにはただ、受け入れていくべき悲しい事実ばかりが残っていた。

「レベッカはおてんばで、活発な性格は十五歳ぐらいまで——異性を意識するまで変わらなかった。いや、僕のことじゃない」眉を上げたブライアナに言う。「十一歳じゃ小さすぎて、男とも気づいてもらえなかった」

「それだけ釣りやクリケットを一緒にしてて?」

「ブライアナ……」

「冗談よ、ネイサン」真顔になって首を振った。「確かにいいやり方じゃないと思うけど……週末のこと考えてみるわ。誘ってくれてありがとう。でも今は、聞いたことを少し自分で整理したいの」

ネイサンは手を離した。「そうだね。それがいい。ちなみに今週末の両親の家には、たぶん大勢の人が集まる。いつものことだ。だから泊まるのに遠慮はいらない。叔父のロジャーと奥さんのクラリサ。スーザンも来るかな。死んだジェームズ叔父さんの奥さんだ。大丈夫だよ……」ブライアナのぎょっとした顔に言い添える。「大きな家だから」

そう。大きなお屋敷よね。私が父と弟と住んでいる、寝室が三つしかないような家に、ランドリス一家が住んでるはずなかったわ……。

「君の正体も、なんのために来たのかも、君がいやなら誰にも教えない」ネイサンは優しく言った。

「あなたのお父さんは私を知ってるわ」

ネイサンは口もとをゆがめた。「父なら喜んで三人だけの秘密にしてくれるさ」

それは確かだとブライアナは思った。この件でのピーター・ランドリスの困惑ぶりは、とてもはっきりしている。やっかいな状況で家族につらい思いをさせるのは、彼としても避けたいだろう。

ブライアナはうなずいた。「どうするか決めたら電話するわ。送ってくれてありがとう」ようやく車を降りて病院への階段を駆け上がった。午後の仕事にはまた遅刻だった。

「新しいボーイフレンドかい、ブライアナ？」

笑顔で振り向くと、横に並んだのはジムだった。数カ月前までブライアナがつき合っていた青年医師だ。「友だちよ」さらりと言った。第三者に説明するには、はじまりからややこしすぎる。

ジムは羨望《せんぼう》のまなざしで、出ていくネイザンの緑のジャガーを見た。「いい車だ」

そうね、いい車だわ。けれど持ち主のことはまだよくわからずにいた。私はネイサンに惹《ひ》かれている

――それは否定できないが、彼についても今回の件についても、まだ未知の部分があまりに多い……。

「行くと電話をもらったときに説明したけど、両親の家はバークシャーにある一軒きりだ」運転席のネイサンは楽しそうだった。「ロンドンまで父は毎日車で通勤しているよ」

「夜にはまた毎日帰るわけね？」

ネイサンはむっとした顔でブライアナを見ると、声をとがらせた。「そうだよ」

皮肉のつもりではなかったが、今の答えからするとそう取られてしまったらしい。でも、こんなに緊張していては言葉に気をつける余裕はなかった。

両親の家で週末を過ごしたら、というネイサンの誘いを、ブライアナは結局受けることに決めた。よく考えた末、彼の提案ももっともだと思ったのだ。これよりいい方法はないだろう。

祖父と会うつもりだと話すと、父親はとんでもないという顔をした。それでもレベッカの手紙を見せて二人で涙を流してからは、父も、この週末行く必要があると言う彼女の気持ちをわかってくれ、今日の午後には、気をつけてと送り出してくれた。

そんなわけでブライアナはまたこうしてジャガーの助手席に座っていた。四月下旬の穏やかな土曜の午後だったが、道路わきに咲く色鮮やかな花を見ても、ブライアナの緊張は解けなかった。

「ご両親は私が行くことをどう思ってるの？」ネイサンにきいた。今日の彼はいつになくリラックスしたようすだ。色あせたジーンズに淡いブルーのオープンネックのシャツ。運転中は脱いだ上着を後部座席にほうっている。

ネイサンの口もとが心持ち引きしまった。「喜んでる」

ブライアナは探るような視線を向けた。「自信がなさそうに聞こえるけど……」

「そんなことないさ」ぶっきらぼうに言う。「若い女性が一緒だと聞いて、とても喜んでいたよ」

若い女性って……。「私だと言ってないのね？」ハンドルを握る彼の手がこわばった。「僕の家でもあるんだよ。誰を連れていこうと僕の自由だ」

「でも……」

「父は勘を働かせて、もしやと思ったかもしれない」この話題を終わらせたいのか、早口で言う。

「でも母はレベッカの娘の存在なんて忘れてるだろうし、僕から君がその娘だとはとても話せないよ」ブライアナの責めるような視線にそう弁解した。

「お父さんがお母さんに話してしまうということはないの？」ブライアナはなおもきいた。

「君のお父さんはお母さんに患者のことを話してたかい？」ネイサンは鋭く切り返した。

「負けたわ、ネイサン。父は漠然としか話さなかった。医者には患者の秘密を守る義務があるもの」

「弁護士にも同様の守秘義務がある」ネイサンはそっけなく言った。「父が母に今度のことを少しでも話したら、母は誰のことか理解する。漠然とした言い方でもだ。僕は君のことを考えてるんだよ、ブライアナ」

まだ不満顔のブライアナに声を荒らげた。

「父はともかく、みんなには約束どおり君の目的はもちろん、正体も明かす必要はない。君はこの一週間で耐え切れないほどショックを受けてる」正確な指摘をする。「そのうえ、僕の家族のよけいな憶測にまでわずらわされることはない。前にも言ったように、週末は親戚《しんせき》が勢ぞろいするんだ」

「違うのよ」ブライアナはハンドルに置かれた彼の手に軽く触れた。「私はあなたの行為が引き起こす推測について考えてたの。わからない？　私の正体や目的を話してないのなら、みんな私があなたの……その……新しい恋人だって思うわ！」

ネイサンは眉間《みけん》にしわを寄せた。「好きなように思わせておけばいいさ」

確かに、どう見られようと平気なだけの傲慢《ごうまん》さが彼にはあると思う。それでも……。「この五年間にご両親の家に連れていった女の人は何人いるの？」

ブライアナは優しくきいた。

「ひとりもいないよ」

やはり。婚約が破談になった話やそれ以降のことを聞いていたから、想像はついていた。家族は自分の恋愛になど関心はないとネイサンは言うかもしれない。でも彼の母親に私の母と少しでも似ている部分があれば、息子が週末に女性を連れてきて何も勘ぐらないわけはない。だけどネイサンに不満がないのなら、ひとりでけちをつけても仕方ないわ。

到着したランドリス家は、ネイサンの言葉どおりに大きかった。大きいというより巨大だった！

並木に沿って私道を七、八百メートル行ったところにそのクレアモントは立っていた。落ち着いた色合いの石造りの領主館で、よく手入れされた広い庭がまわりを囲んでいる。正面にはすでに車が数台止まっていた。

「まいったな」メルセデスとＢＭＷの間に赤いオープントップのスポーツカーを認め、ネイサンはつぶやいた。「いとこのサマンサも来てる。ジェームズ叔父とスーザン叔母夫婦の娘だよ」車を降りた彼は助手席に回ってドアを開けた。「母親を送ってきたらしい」トランクからブライアナのかばんを出しながらため息をつく。「いろいろ憶測されるだろう。それもこそこそとしたものじゃない。サマンサは僕をからかうのが趣味だからね」弱り切った顔で、先に立って家へと歩き出した。

車が長い私道に入ってからというもの、ブライアナはひと言も口をきいていなかった。きけなかったのだ！　弁護士という職業や、彼の車や、明らかに行きつけらしいあちこちのレストランからして、ランドリス家が金持ちだとはわかっていた。でもこの家は別格だ！　広い敷地に大きな屋敷が一軒だけ。使用人や庭師の数も相当だろう。隣人の不幸を見過ごしたとネイサンの家族を責めたことが、今はちょっとこっけいに感じられた。どこを見渡しても隣家がないのだから。いったいどこを指して隣家と言うの？

ブライアナの疑問を察したのか、大きなオーク材のドアの手前でネイサンが振り返った。「ジャイルズの家は八百メートルほど向こうだよ」彼は左を指さした。「明日の朝一緒に行こう」

一緒に来てくれるんだわ。ブライアナはほっとした。マロリー家も似たようなお屋敷だとすれば、いてくれたほうがありがたい。行くだけでもありったけの勇気がいるのに、ひとりではどうなるか。「ありがとう」ブライアナは感謝した。

ネイサンは彼女の顔を探るように見ると、かばんを置いて一歩近づいた。「ただの家だよ、ブライアナ。暮らしているのも特別な家族じゃない。不安も秘密も悲しみもいっぱいだ。あの言葉は真実だよ。ほら……」ブライアナの不安を感じ取って優しく腕を回してくれる。「お金で幸せは買えないって」

彼の胸に頭を預けていたブライアナは、顔を上げてほほえんだ。「不幸せでも、お金があれば生活はずっと楽になるわ」からかうように言った。

ネイサンも笑みを返した。向けられるたびに心臓が止まりそうになる、あのすてきな笑顔だった。

「そうかもしれないな」

「そうよ」ブライアナも温かい笑顔で応《こた》えた。

「ブライアナ！」ネイサンは首を振った。「君をどうしたら……」感情に押されるように言ったと思うと、唇を重ねて、答えを行動で示した。

初めてキスをされた日から、私はずっとこの瞬間を待ってたんだわ。そう悟ったブライアナは本能的に、きわめて当然のようにキスを返した。腕を彼の首に回して情熱的なキスに応えていると、嘘《うそ》ではなく本当に自分の体が彼と溶け合っている感じがする。これはまるで……。

「ネイサンったら」おもしろそうな女性の声が聞こえた。「自分の家の玄関先よ」

親密な行為を見られた恥ずかしさと気まずさから、ブライアナは体を引こうとした。だがネイサンが許さなかった。彼はゆっくりとキスを終えると、腕を彼女の腰に回したまま声の主に向き直った。

開いたドアの向こうに若い女性が立っていた。年は二十代半ばぐらい。整ったボーイッシュな顔立ちを燃えるような赤毛がふち取っている。とりわけ目を引くのが淡いブルーの瞳――ランドリス家の目だ。

「サマンサね」ブライアナは礼儀正しく手を差し出した。単純な消去法だった。これだけ若いのはサマンサくらいだろうし、彼女はネイサンをからかって喜んでいる。今も青い瞳が楽しげに躍っていた。

「サムって呼んで」彼女はほがらかに答えて、ブライアナの手を温かく握った。「あなたはネイサンの〝いい人〟でしょう。母がそう言ってたの」人なつこい笑顔を見せる。「だったら私もこの目で見なくちゃと思って、それで来たのよ。久しぶりね、ネイサン」サムはネイサンにあいさつのキスをした。

「やあ、サム」ネイサンはそっけなかった。

「いい天気だから、みんなテラスに出てるわ」ついてきてと促すように家の中へ入っていく。「親戚一同に会う恐怖を彼女に教えてあげたの？」いたずらっ子そのものの顔で、ネイサンにまた笑いかける。

「私がこれで何人のボーイフレンドを失ったか！」

「それは親戚のせいじゃないだろう」ネイサンがすばやく言い返す。

「いじわる！」サムはネイサンの腕を軽くつねった。

私と弟のような会話だわ。ありふれた情景にブライアナの気持ちがなごんだのもつかの間、魔法のようにぱっと男性の使用人があらわれると、状況はどんどん非現実みを帯びていった。使用人は二人の上着を預かり、ブライアナのかばんを受け取って〝ミス・ギブソン〟の部屋へと運んでくれる。

あれこれ指示を出すネイサンをあきれ顔で眺めながら、サムは気さくにブライアナの腕を取った。

「ミス・ギブソンじゃない呼び方を教えて」ネイサンの堅苦しさに首を振ってみせる。「母も私も快適には暮らしたいの。でもここまで大げさなのは願い下げよ」あまりの立派さを申し訳なく思っているような口ぶりだった。

まさにここは〝大げさ〟だった。どうしたらこんな生活に順応できるのか、ブライアナには不思議だった。快適と思うには、きっと生まれたときからこうして過ごしていないとだめなのだ。うらやましいとは思わなかった。どうせ週末だけの滞在だもの。料理もあと片づけもどんな家事もしなくていい。忙しい一週間のあとに待つ週末の雑事一切から解放されるぜいたくを、今はせいぜい味わうことにしよう。

「ブライアナよ」とまどいぎみの声になったのは、元気いっぱいのサムに圧倒されたからだった。テラスに向かっているのだろう、見事な家具が備わった家の中へと、どんどんブライアナを引っ張っていく。その先にはちょっとこわいはずの家族や親戚が待ち受けているのだ。たぶんサムに劣らず興味津々で！

「すてきな名前」サムはすぐに振り返った。「私、サマンサという名前は大嫌いなの」鼻にしわを寄せる。「パパもママも何を考えてつけたのかしら。もっと違う、あなたみたいな名前を……」

「そこまでだ、サム」ようやく二人に追いついたネイサンが、優しいが断固とした態度でサムをブライアナから引き離した。「ブライアナは君のうるさいおしゃべりを聞きに来たんじゃないんだぞ」

「うるさいですって！」サムはむっとしたようだが、

ネイサンがにやりと笑いかけると、言葉を切って彼をにらみつけた。その目は妹かと思うほどそっくりで、態度からも兄妹同様の関係なのだとはっきりわかる。赤い髪は母方の遺伝だろう。ネイサンにしろ彼の父親にしろ、ランドリス家の髪は黒に近い。

「この髪の色どおりの性格は直ってないな」ネイサンが火のように赤いカールをそっと引っ張った。

「ネイサンはね、昔からひどくからかうの」サムはブライアナにあきらめたような笑顔を向けた。

からかう？　ネイサンが？　ブライアナはもの問いたげにネイサンを見た。もうオフィスで初めて会ったときの尊大な冷血人間には見えないけれど、でもからかうなんて……。そこまでおおらかな人とは思えない。そうよ、絶対に違うわ。

「彼女の前で今から僕の欠点を並べ立てるのはやめてほしいな」ネイサンは冗談っぽく叱《しか》った。

「彼女ひとりでもすぐに気がつくわよ」サムはブライアナに、ほらねと言うようにウインクをした。

「ライオンのおりに入る準備はいい？」三人はテラスに続くと思われるドアの前に到着した。堂々とドアを開けるサムの姿からは、言葉とは裏腹に、家族を恐れるようすはみじんも感じられない。

サムのような自信のかけらもないブライアナは、ネイサンの陰に引っ込んだ。正体こそ知られていないが、ネイサンの大事なお友だちだと思われているのもやっぱり困る。厳しい目で品定めされるのは避けられないし、きっとランドリス家にはふさわしくないガールフレンドだと思われてしまうわ。

今日の服装はネイビーブルーのパンツに、瞳の色と同じ柔らかいウールのセーターだった。髪は肩に下ろして、流した両サイドを二十一歳の誕生日に父からもらった金のコームで留めている。清潔で小ぎれいには見えても、ここの家族が求める、ネイサンの〝大事な〟友だち像にはほど遠いはずだ。

ネイサンはブライアナの不安を感じ取ったようで、肩を優しく抱いてくれた。「君はきれいだよ」形のいい唇に笑みを浮かべてハスキーな声で言う。「僕のキスでリップグロスは取れてるけど、そのほかは……」

「サムの言ったとおり、人をからかうのね！」ブライアナはにらみつけるふりをした。輝く濃いブルーの瞳が赤くなった頬に映える。ネイサンが率先して動き出し、彼女をテラスへと導いた。

テラスといっても想像していた野外とは違い、総ガラス張りになっていた。絨毯《じゅうたん》敷きの床。心なごむ籐製《とうせい》の家具。きれいに並んだ鉢植えが優雅さの中に生命と色合いを与えている。

閉ざされたその大きな空間の中に座っているのが、ランドリス一族の面々だった。娘と同じ真っ赤な髪からスーザン・ランドリスはすぐにわかった。ロジャー・デイビスの隣、ブロンドをすっきりまとめ上げた背の高い上品な女性は、彼の奥さんのクラリサだろう。次にブライアナは、ピーター・ランドリスに目を向けた。顔を見ればショックを受けたのがはっきりわかる。結局、勘を働かせることも、もしやと思うこともなかったわけだ。彼の隣に座った女性はクラリサと瓜《うり》二つだった。短いブロンドに上品な顔立ち。ネイサンの母親のマーガレットに違いない。ランドリス家に跡取りを与え、それ一度でもうたくさんだと思った女性だ。

サムの言葉はもっともで、勢ぞろいした彼らには人を圧倒する雰囲気があった。男性陣はカジュアルだがおしゃれな服装だし、女性陣は年齢が五十から六十代と高齢であるにもかかわらず、デザイナーズブランドの服を魅力的に着こなしている。耳、首、腕、指を飾る宝石の数々はどう見ても高価なものだ。

「みなさん、こちらはブライアナです」サムが嬉々《きき》として紹介した。ネイサンとブライアナの登場であっけにとられている一同のようすを思い切り楽しんでいる。「すてきな名前よね、ママ？　パパとママにもこういう独創性のある名前を選んでほしかったな」母親の椅子の肘に座って、昔から言い続けているらしい不満を口にした。母親は優しい顔で見上げている。「せっかくパパのミドルネームがブライアンだったのに」

ネイサンの横にいたブライアナは、体が凍りつき、一瞬呼吸が喉もとで止まった。ジェームズ・ランドリスのミドルネームがブライアン？

ネイサンも彼の父親も、一度も話してくれなかった。ネイサンが言ったのは、たしか、君の名前は男の名前のようだ、とただそれだけ。

男の名前の変形だと言いたかったの？

それとも、男のミドルネームに似ていると？

正確にはあるひとりの男性、ネイサンの叔父――ジェームズ・ランドリスのミドルネームに！

6

「結論を急ぐんじゃない」ネイサンが声をとがらせた。二人は、ブライアナに割り当てられた二階の寝室にいた。さっき非難の色を浮かべ、青ざめたブライアナを見たネイサンは、お茶の前にちょっと身支度してきますからと、すぐに彼女をテラスから連れ出していた。

「結論を急ぐなですって？　叔父さんのミドルネームがブライアンだったのに、あなたは教えてくれようともしなかったのよ！」ブライアナはなじるとネイサンをにらみつけた。

「僕のミドルネームはサミュエルだ」ネイサンは大きくため息をつき、疲れたようにベッドに腰を下ろす。「だけど、いちいちそれを言ったりはしないよ」

「ブライアンとは意味合いが違うわ」ブライアナは気持ちがおさまらず、レモン色とクリーム色で統一された部屋を歩き回った。動揺で座るどころではない。

「純粋に偶然なんだよ、ブライアナ。邪推は――」

「法廷でするような説得はやめて！」

「ならそっちも自己弁護すらできない故人をたやすく非難しないでくれるかな」彼は冷たく言い返した。

「別に私は誰も……」

「非難してない？」小ばかにした口ぶりだ。「そうは見えないな。君はたまたま僕の叔父のミドルネームがブライアンだと知った。すると思考は一足飛びで、彼こそレベッカの子供の父親だというわけだ」

「知ってた？　私の名前はレベッカがつけたのよ」ブライアナは動じなかった。「父が教えてくれたわ。彼女は名前だけはどうしても……」

「証拠にはならないさ。君は自分の知ったなんでもない事実をもとに、僕の叔父をおとしめようとしている。自分勝手な想像をふくらませてね」

「レベッカは学校と家以外の場所は知らなかったとあなたが言ったのよ。それなら子供の父親も地元の人間か、よく家で会う人だったと考えるのが当然じゃないの？」

「僕の家族のように、か！」ネイサンの声にきつい非難がこもっていた。「その考えでいけば、近所にいる男はみんな疑わしい。到着して君がすぐ会った執事はもちろん、屋敷内の使用人も、三人の庭師も。ひとりはたしかブライアンだ。それに――」

「わかった、わかったからそうむきにならないで」ブライアナは即座にさえぎった。「テラスでは驚いたのよ……叔父さんの話はいきなりだったから」過剰反応だったと今では思う。ただし、胸の奥にはまだしっくりいかない部分がある……。「叔父さんを侮辱してしまったならごめんなさい」

ネイサンは腰を上げた。表情はくもったままだ。

「君がここに来た目的はおじいさんに会うことだと思っていたけど、違ったかい？」

そうよ。ランドリス家の人間を軽率に責め立てるためではなかった。しかも否定できない故人を……それとも、肯定する……？　ああ、また！　いいかげんにしないとネイサンを激怒させてしまう。

「そうよ」快活に答えた。「この家では声が響かないといいんだけど」顔をゆがめた。自分の家でこんなふうに言い合っていたら、家族みんなが何事かと飛び出してきていただろう。「到着早々にけんかしていると思われるのはいやだわ」

行こうと促すように、ネイサンはブライアナの腕を取った。「口論は初めてじゃない――これで最後とも思わないよ」

幅の広い階段を、二人並んでみんなのところへと下りていく。ブライアナはうつむいたまま彼に視線を投げた。まるで週末以降も二人の関係が続くと言っているみたいだわ。深読みしすぎなのかしら……？　私ったら、また勝手に想像をふくらませてしまったの？

それでも、ネイサンがいつも近くにいることを、ブライアナは当たり前に感じはじめていた。今日家に迎えに来てくれたときには胸が高鳴った。ベルの音を聞いてドアに急ぐ足が小さく震え、彼の姿を見ると頬がぽっと熱くなった。

私はネイサンに恋しはじめている――ブライアナは自分の気持ちに気づいてはっとした。

最高に分別ある選択とは言えない。

現状ではむしろ逆だわ。実の父親が誰かわかるまで、ネイサンを愛することはできない。血のつながりがわかってからでは遅いもの。いとこだという可能性もある。いいえ、この件についてのピーター・

ランドリスの熱心さを思えば、もっとひどいことが……。

いや、考えたくもない！

「今度は何を考えてたんだ？」ブライアナの表情に見え隠れする感情を見とがめて、ネイサンが眉をひそめた。

「あ、あの……ちょっと、リップグロスをまだつけ直してなかったなって」あわててごまかした。叔父さんを疑ったと腹を立てているのなら、ついさっき私の頭にあった疑念を知れば怒るどころではないだろう。

ネイサンは肩をすくめた。「みんなはまた僕がキスで取ったと思うだろうな」

「あなたがそんな情熱家で通ってたとはね」金色の眉を上げて皮肉ってはみたが、冷血人間の記憶がどんどん薄らいでいるのは確かだった。

「ネイサンって氷山みたいなのよね」すぐにわかるサマンサ・ランドリスの声が割って入った。「見えているのは一割で、あとの九割は海の中」

自分の考えをなぞったような言葉がおかしくて、ブライアナはハスキーな笑い声をあげた。

「二人とも言いたいことは終わり……？」ネイサンが乾いた声で言った。

サムはけろりとした笑顔を向けた。「お茶の支度ができたから呼びに来たの。遅すぎるんじゃないかって、マーガレット伯母さんが言ってたわ」

「使いかな、自分から来たのかな？」サムのあとを歩きながら、ネイサンはブライアナにつぶやいた。

「自分からよ」サムが振り返ってにっこりした。「二人のあやしげな状況にでくわしたら、伯母さんはショックで腰を抜かしちゃうわ。セックスが一度で嫌いになった人だもの」ブライアナにこっそり言う。

「サム！」ネイサンが厳しく制した。

「ごめん、二度だったかしら。本当に嫌いだと確かめるためにね。まあ伯母さんが間違えることなんてまずないんだけど」サムは顔をしかめながら言う。

ブライアナには、ネイサンがいとこの大胆さをかわいく思うと同時に楽しんでいるのが見て取れた。彼は笑いをかみ殺している。確かに彼女は堅苦しい集まりになるのを救ってくれる存在だ。

お茶の時間のピーター・ランドリスはやけに堅苦しい態度だった。カップを配るマーガレットも夫と同じくよそよそしい。デイビス夫妻は姉夫婦に従い、ただスーザン・ランドリスだけが、まわりの雰囲気に押されぎみではあるけれど、娘同様に陽気だった。

この人たちは私を花嫁候補として見ているのかしら。そう見られても仕方ないが、どうやらみんな不満なようすだ。息子はネイサンだけと決めたマーガレット・ランドリスの表情がいちばん険しく、ブライアナの一挙一動に目を光らせていた。ランドリス家にはもっといい娘を、と思っていたのだろう。

「さっきからどこかで見たような気がしていたが……」ロジャー・デイビスがおもむろに近づいてきた。短い灰色の髪。造作はいかめしいが、温かいブルーの瞳がその堅さをやわらげている。

ブライアナは用心して顔を上げた。ネイサンが横にいてくれたらと思ったけれど、今は母親が彼の注意を引いている。きっと、あんな娘といったいどこで出会ったの、などときかれているのだろう！

「そうですか？」当たり障りのない返事をした。レベッカの娘だと気づかれるのはもう勘弁してほしい。

彼はうなずいた。「そうだ、今週、昼にオフィスで会ったな。ネイサンと一緒だっただろう？」

そのとおり。彼は私がネイサンとオフィスを出るときに、横を通りかかっている。「あのときの」ブライアナは彼の妻に冷ややかな視線を向けられているのを意識しながらほほえんだ。

「ネイサンとは知り合って長いのかい？」彼は気軽に会話を続ける。

ブライアナは濃いまつげの下からちらりとロジャーを見た。この人は誰かの――つまり彼の義姉の代わりに質問してるのではないかととっさに感じたからだ。ピーター・ランドリスとは仕事上のパートナーだが、レベッカの遺書のこともブライアナとの関連も知らないらしい……。

「いいえ。彼とはただの友だちなんです。田舎での週末も楽しいからと誘ってくれて」

「親戚《しんせき》が勢ぞろいする中に？」青い瞳がゆかいそうにきらめく。「我々は狼《おおかみ》の群れだよ。そんな場所にネイサンが気まぐれで連れてくるかな」

「彼だって狼の一員ですもの、私がまごつくのを見て楽しんでるんですよ」ブライアナは機転で返した。

ロジャーは笑った。「君は簡単には動じない人のように見えるがね」優しい笑顔だった。ブライアナとの会話を気楽に楽しんでいるようすだ。

ブライアナは金色の眉を上げた。「でもネイサンには負けました」

彼はスーザン・ランドリスと話をしている甥《おい》のほうを見やった。「ネイサンは人間的にもすばらしい。加えて卓越した弁護士だ。立派な男だよ」

恋しはじめていると気づいたばかりの相手をほめられて、ブライアナの胸には喜びが広がった。「人間的なすばらしさと弁護士としての有能さは、ときにぶつかり合ったりしないんですか？」

ロジャーは視線を戻した。「彼の場合はノーだ」

どう続けていいのかわからなかった。自分自身がネイサンはすばらしい人だという結論に急速に近づいているのに、ほかに何を言うことがあるだろう。

「困惑させるつもりで言ったんじゃないよ」ロジャー・デイビスは軽く彼女の肩に触れた。「力を抜いてもらいたかったんだ。逆じゃないからね」

ブライアナはほほえみかけた。いい人なんだわ。ロジャーもこの群れではアウトサイダーに近いのかも……? でも彼はピーター・ランドリスのパートナーで、彼の奥さんの妹と結婚している。それはあり得ない。

「お子さんは、ミスター・デイビス?」この場で見かけないからといって、ネイサンのいとこが陽気で楽しいサムだけだと考えるのは早計だろう。

「ペグとダニーというオールド・イングリッシュ・シープドッグがいる」乾いた声が返ってきた。

子供がいないのは、クラリサが姉と同じ考えを持っているからだろうか。子供より犬のほうがいいのは確かなようだ。扱いが楽だからかもしれない。クラリサ・デイビスはちょうど二人に近づいてくるところだったが、上品でつんとしたその容貌《ようぼう》を見ると、今の想像がまんざら外れているとも思えなかった。

「あなた、ネイサンのお友だちをひとり占めなさってますよ」クラリサは夫を明るくいさめた。

「私は楽しかったです」ブライアナは言った。

彫刻のような美しい顔からとげとげしさが薄れた。ブライアナを見下ろす笑みにも不自然さは感じられない。「サムが顔を出すと、週末の集まりがちょっとざわざわしちゃって」クラリサはわざと困ったような顔で、優しい目をサムのほうに向けた。当のサムは、母親とネイサンに、誰かのどじな話を大げさな身ぶりでおもしろおかしく伝えているようすだ。「でも……場が明るくなるのは否めないわ」

明らかにほっとした口ぶりなので、ブライアナは笑わずにはいられなかった。意外にもクラリサ・デイビスにはユーモアのセンスがあったらしい。よそよそしいと思った最初の印象は誤っていたようだ。ネイサンへの印象が変わったことを思うと、ここの家族の第一印象は実際とは少しずれるのかもしれない。もっとも、ネイサンの母親、マーガレット・ランドリスとはまだ話してないけれど……。

「サムは女優なんだ」ロジャー・デイビスが言った。

「身内の困り者よ」クラリサがあきらめ顔で応じる。

ブライアナはサムを見やった。彼女の登場で舞台にエネルギッシュな生気が満ちるさまが容易に目に浮かんだ。サム自身が女優の道を選んだのなら、疑いなくいい女優のはずだ。それに困り者でも結局、彼女はランドリス家の一員なのだ。

「どこの家庭にも困った子はいます」ブライアナは軽く答えた。

「本当にそうね」クラリサの顔に大きく笑みが広がると、雰囲気ががらりと変わった。取り澄ました冷たさが消え、茶目っ気のある顔になった。クラリサは美人なのだ！　夫と同じく五十代の前半だし、背の高さと冷たいブロンドで、ときに冷ややかな印象を与えてしまう。「信じないかもしれないけど、私はずっと困った子だったの」

「僕と結婚してくれた——それが大問題だったな」

夫の言葉にクラリサはころころと笑った。「違います。わかってるくせに。私の両親から見れば、あなたは救いの神だわ。両親がどれだけ悲痛な……」

「誰か私の悪口を言ってたでしょ」サムが明るい声で輪に加わった。ネイサンも一緒だ。

「向こうに来て両親にあいさつしてくれないかな」立ち上がるブライアナの腕を彼が優しくつかんだ。

「やっぱりあなたを独占してしまったようね」クラリサは申し訳なさそうに言った。

「いいんです」軽いめまいを感じていた。この部屋に見かけどおりの人はひとりもいない。だけど、それを言えば私だって……。「喜んでごあいさつするわ」ブライアナはネイサンに温かく答えた。

「叔母さんに何をしたんだい？」テラスを横切りながらネイサンが小声できいた。「きみにずいぶん興味を持ったみたいだった」

ブライアナは顔をそむけた。そうだった。私が親戚とうまくつき合ったり好かれたりするのは、彼の予定にはないことなのだ。「ごめんなさい」

ネイサンは足を止めた。そこがテラスの真ん中であることも、好奇の視線に取り囲まれていることも気にしていないふうだ。「なぜあやまるんだ？」

「とんでもない計画だったんだわ。前にも言ったけど、実際みんな私をあなたの恋人だと思って……」

「でも事実ではないから心苦しくなってきた、か」

「私はみんなが好きなの」ブライアナの濃いブルーの瞳がきらめいた。「詐欺師になった気分よ。人をだますのは私の性に合わないわ」

「じゃあ、本当のことにすればいい」彼はかがんで唇に軽くキスをした。「僕は君を食事に誘った。キスもして……けんかもした」苦笑いでつけ加えた。「恋人に限りなく近いんじゃないかな」

それは違う！　本当の恋人になるなんて、ふりをする以上にぞっとする。「ご両親のところに行きましょう」小さく言って歩き出すと、後ろではネイサンがくっくっと笑っていた。

マーガレット・ランドリスは、妹のクラリサのような柔らかさは持っていそうにない。夫や息子が成功しているのとは別に、彼女自身も強い影響力を持っているようだ。次から次へと驚くほどの個性派ぞろいで、個性のない者は、ここの家族にのみ込まれて吐き捨てられそうだ。順に会っていくだけで、ブライアナはぐったりと疲れてきた。

「あなたたち、どこで知り合ったのかしら？」マーガレット・ランドリスは冷静に質問してきた。

どこで知り合ったのか？　私とネイサンのように全くかけ離れた二人が、いったい全体どうしてつき合うようになったのか、ときたいんだわ。

「法律の問題でオフィスに来た彼女を見て、僕が声をかけたんです」ネイサンはすらすらと答えた。

そこは合っている。しかもピーター・ランドリスが奥さんと仕事の話をすることはないから、問題の内容までは知られない。賢いネイサン……。

「そうなの」母親は上品な顔をブライアナに向けたまま、冷ややかに続けた。「あなた、どこかの知り合いの娘さんだったかしら。どうも見覚えが……」

ピーター・ランドリスとネイサンとブライアナが、同時に息をのみ、ブライアナは不安におびえた目でマーガレットを見上げた。ネイサンも彼の父親もひと目で私が誰だか気づいている。ほかの家族が同じ結論を出す可能性は大ありだわ！　二人は私の存在を知っていたし、オフィスに来ることもわかっていた。その点は違うけれど、でも……。

「はっきりしないわ」マーガレットがもどかしげに言うと、あとの三人はいっせいに肩の力を抜いた。

「ネイサンに聞いたけれど、お父さまは産科医だそうね？」マーガレットは自然な感じで話を続ける。

「そうです」話題がそれてブライアナはほっとした。それに父の職業についてなら反発もされそうにない。

「産科専門で、個人で開業されてますよ」ネイサンが補い、びっくりして顔を向けるブライアナにゆかいそうに眉を上げてみせた。彼が私や私の家族のことをこれほどよく知っていたとは！

「まあ、そう」思ったとおり、マーガレットには好印象を与えたようだった。「人生の終わりより、はじまりとかかわるほうがずっとすてきだわ」

だが、必ずしもはじまりばかりとかかわるとは言えない。何度か肩を落として帰ってきた父の姿から、ブライアナにはよくわかっていた。しかしネイサンは母親の扱いを心得ていると思う。今だって彼は母親の上流意識をくすぐったのだ。

「本当に」ブライアナは言葉だけで同意した。

「彼女を連れて泳いできますよ」ネイサンがきびきびと言った。「夕食までまだ長いですから」

ブライアナは不安顔でネイサンを見上げた。泳ぐ？「水着は持ってきてないわ」

「一枚や二枚はサムが置きっ放しにしてるし、着るものはなんとかなるよ」ネイサンは軽く受け流した。

「よかった」マーガレット・ランドリスの質問攻勢を逃れて、とりあえず二、三時間でものんびりできるのなら、それに越したことはない。

どうも、ブライアナの予想をはるかに超えた困った展開になってきた。これまで祖父に会うことばかりが頭にあって、ネイサンの家族といる時間をどうするかなど全然考えてはいなかったのだ。予想どおり冷ややかでよそよそしかったネイサンの母親をのぞけば、みんないい人で好ましいけれど、でも、だからこそ事態はややこしくなる一方だ。

ネイサンの手がブライアナの肘に添えられた。

「じゃあ、また夕食のときに」

ピーター・ランドリスは終始無言で、今も並んで出ていく二人を、ただ暗く眉を寄せて見送った。

「お父さんは不安なのよ」広い廊下まで出るとブライアナは言った。

ネイサンは肩をすくめた。「仕方ないさ」

「私をここに連れてきたのが間違いだったんだわ」

ネイサンは眉を上げた。「そうかな？」

「ネイサン……」

「ブライアナ、いいかげん人の心配はよさないか。父は大人だよ。自分の面倒は自分で見られる」

本当にそうなの？　ピーター・ランドリスはブライアナがネイサンとテラスに入った瞬間から、ひどく動揺していたようだった。でも息子であるネイサンが大丈夫と言うのなら大丈夫なのだろう。私があまり心配してはいけない。

「どこに行くんだ？」二階に上がろうとするブライアナにネイサンがきいた。

「外は肌寒いから、上着を取ってくるわ」

「ブライアナ、プールは家の中だ。外には出ない」

ランドリス家には屋内プールがあるの？　あって不思議はない。でも誰もが持てるものじゃないわ。

「君には教えられるよ、ブライアナ」彼女の反応を見てネイサンが言った。「家にプールがあるのがどんなに幸せかなんて、考えたこともなかった。ずっとそこにあったからね」

しかも、それはすばらしいプールだった。目の前にしてみると、テラスと同じく完全に外気と遮断されていて、床から天井まである窓は、どれも裏手の美しい庭に面している。春の花があちらこちらを鮮やかにいろどり、芝生は今刈ったばかりというように青々となめらかだ。これもネイサンの言った三人の庭師のうちの誰かが刈ったものだろう。

「母は自分で花の世話をするのが好きなんだ」ここでも彼がブライアナの心を読んだように言う。

「どこもすてきだわ」息をのむ景色から、今度は澄み切った水をたたえた巨大なプールに目を移した。周囲は大理石のタイルで、暖かい室温を利用して茂らせた珍しい花や植物がふんだんに配置されている。

「水着はどこにあるのかしら？」ブライアナはもうネイサンの顔をまともに見られなかった。二人の境遇の差が時間を追うごとに広がっていく。

いぶかるようにネイサンが腕を取った。「ブライアナ……？」

ブライアナは視線を上げた。いかめしく整った彼の顔を見つめると、また気づかされた。私はこの人に恋している。でも彼は手の届かない人なんだわ！

ネイサンは探るような視線を向けてきた。「ブライアナ」優しい声だった。「ここは僕の両親の家だ。僕自身は市内に家を持っている」

ブライアナは唇をゆがめた。「ここみたいに豪華な家なんでしょうね」

ネイサンはにこやかにかぶりを振った。「いつか見せてあげるよ。君は驚くだろうな。住むためではなく、見せるための家で育ってしまうと、大きくなったら絶対こんな家には住まないと思うものだよ」

おやと好奇心をくすぐられた。てっきり黒とシルバーで統一され、つややかな家具の上にはいろんな美術品が飾ってあるような、超モダンなフラットに住んでいると思っていたのに。

「君の寝室は、昔の僕の子供部屋だ。隣が僕の寝室になってる。子供のころは、その二つの部屋でしか遊んじゃいけないと言われていた」

新たな情景が頭に浮かんで、ブライアナは表情をくもらせた。小さな男の子。二階の子供部屋。そばにはおそらく子守りの女性だけ。いつも元気に走り回っていた自分の子供時代とは百八十度違っている。考えたこともなかったけれど、お金持ちと言われる人たちにも、そういう不自由さがあるのだろう……。

「同情はしないでくれよ、ブライアナ」ネイサンがあわてて笑顔を作った。「これでも男の子の遊びはひととおりしてきたんだからね」

釣りにクリケットに木登り――ブライアナは思い出した。そう、レベッカと一緒に……。

「想像できるわ」かすれた声で言った。どのみち例の魅惑的な笑顔をどこかで覚えたことは事実なのだ。

「さあ、泳ごうか。サムの水着は更衣室に行けば見つかると思うよ」

話題が変わってほっとした。彼のある言葉が急に気になり出したところだった。隣は僕の寝室……。

偶然だとはとても思えない。きっと彼の母親がいろいろ推測して、そして息子と私の関係について自分なりの解釈をしたんだわ。

ネイサンの以前の婚約者もここではあの寝室を……？　ブライアナは考えずにはいられなかった。

水は温かくて最高に心地よかった。更衣室からまっすぐに走ってきて飛び込んだのだから、助かったと言っていい。こんなことをしたのも、サムの水着のせいだった。黒いセパレートの水着は、本来覆うべき場所をかろうじて覆うほどの大きさしかなかった！　三角形の布切れを身につけてみたものの、まるで裸のままのように恥ずかしくて、こうなったらプールにさっと飛び込み、肌もあらわな水着姿をできるだけ早く水に隠すしかないと思ったのだ。

「きれいな飛び込みだ」

水面に顔を出すと、横でネイサンの声がした。ブライアナは頭を振って顔にかかった髪をかき上げた。

「君のスタイルも実にすてきだよ」赤くなるブライアナを見てネイサンは小さく笑った。「サムは自己顕示欲が強いんだ」

見られないようにあわてて飛び込んだのに、むだだった。ネイサンは私が入ってくるのを、きっと立ち泳ぎしながら待っていたんだわ。

一時間も泳ぐうち、ブライアナとネイサンはいずれ劣らぬ優れた泳ぎ手だとはっきりした。もう上がろうというころには、ブライアナも自分の姿を意識しなくなっていた。小柄でもスタイルはいいと自認しているから、引けめを感じたことは一度もない。ネイサンだって最初に見て気に入ってくれている！

予期してなかったのは、一緒に水から上がったときに目に入った彼の姿だった。ネイビーブルーのトランクスをはいた彼の体は、しなやかで驚くほど魅力的だった。ぬれてゆるくカールした髪が、人をどぎまぎさせる、あの小粋《こいき》な雰囲気を作り出している。

「何？　どうかしたかい？」

息ができない！　ばかげてるわ。男の人を見ただけで息が止まるなんて。でも彼はネイサンだ。恋のはじまりどころか、私はもうすでに恋してるわ！

「ブライアナ！」彼女がずっと黙っているので、ネイサンの声が鋭くなった。「真っ青だ。気分が悪い？」

気分はよすぎるくらいだ。だから問題なのだ。ただでさえややこしいことになっているのに、このうえネイサンへの愛に悩もうというの？

「食事の時間まで休んでるわ。少し……気が高ぶってるみたい」なんという控えめな表現！　本当はネイサンがほしかった。男らしい彼を見ているだけで、興奮して体が震え出してしまう。

ネイサンは気づかわしげにブライアナの肩を抱いた。「震えてるじゃないか。言ってくれたら……いや、僕も気がつくべきだった。君はいつも強気に見えてたから、ここでどんなに苦しむか考えてもみなかった」自分を責めるように首を振る。「着替えておいで。寝室まで送るよ。休んでも気分がよくならなかったら、食事は部屋に運んであげよう」

彼はブライアナが震えている理由を完璧《かんぺき》に誤解している。よかった！　どう思われているかを知ったら、彼は逃げ出してしまうだろう。確かな人生設計を持っている人だし、仕事のこともある。私みたいな女に引っかき回されるのは迷惑に違いない。

ブライアナは気丈にほほえんだ。「そこまでひどくはないと思うわ。ありがとう、ネイサン」彼から離れさえすれば気持ちはすぐに落ち着くわ！

「本当に大丈夫……？」彼はまだ心配そうだった。

「ええ」ブライアナは、妙な気を起こさせる親密な状況から逃げたい一心で答えた。

「わかった」ネイサンは軽く唇にキスをした。「こういうことにも慣れてしまいそうだよ」ささやくと、ブライアナの体を優しく自分に抱き寄せる。

慣れるなんて私には……また息ができない！

「私はいやよ、ネイサン」ブライアナは決然と体を引いた。「今度の問題はすぐに終わるし、そしたら私たちが会う理由はもうないのよ。部屋へは送ってくれなくていいわ。行き方は覚えてるから」急いで言うと、後ろを向いて歩き出した。もう少しで理性を失うところだった。彼の腕に身を沈め、心の望むまま温かい彼の体におぼれていただろう。

振り返らなくても見られているのはわかったので、わざとゆっくり歩いた。それでも更衣室に入ってしまうとまた体が震え出し、膝がくずおれそうになって、ベンチに座り込んだ。

週が明けたらネイサンとは思い切って距離を置く必要がある。愛してしまった以上はつらいだろう。でも今よりひどくなることはないわ。

寝室に戻ってしばらくするとドアにノックがあり、ブライアナの心臓はどきりとした。まだネイサンとはふつうに顔を合わせられない。

「ブライアナ？」

冷ややかで上品な声は聞き違えようがなかった。ネイサンの母親、マーガレット・ランドリスだ！　いったいなんの用で来たのだろう。

おずおずとドアを開けた。「何か？」

マーガレットはほほえんだが、目だけは笑っていなかった。「気分が悪いようだとネイサンから聞いたわ。何か必要なものがないかと思って」

「大したことないんです」肩をすくめてみせた。

「ネイサンはとても心配そうだったわ」

母親の好奇心にはネイサンも閉口したことだろう。

「ちょっと疲れて、夕食の席にはすっきりした顔で出たいと思ったものですから」

「ネイサンはあなたが……気に入っているようだわ」マーガレットは切り出した。

それで、私がどのくらい息子を〝気に入っている〟のか知りたいというわけなのね。「ただの友だちです」そう答えたものの、これでマーガレットの不安が薄らぐとは思えなかった。ネイサンはただの友だちを家に連れてくるタイプではない。

ブライアナにはマーガレット・ランドリスを安心

させる言葉を思いつけなかった。真実はもちろん問題外だ！

「そう」マーガレットはゆっくりと言った。「いるものがあったら、遠慮しないで言ってちょうだい」今度は親切な女主人の口調だった。

「はい。ありがとうございます」ブライアナはいくぶんほっとしてドアを閉めた。ネイサンとつき合う女性は、彼の母親とつき合う心がまえもいる。でもありがたいことに、私が彼の恋人になる可能性はないのだ。

「私はあなたのお母さんに嫌われてるわ」ブライアナは唐突に口を開いた。

「え？」私道をしっかりした足取りで進みながら、ネイサンは彼女を凝視した。

ブライアナはため息をついて歩き続けた。ざくざくと砂利を踏む音が響く。「あなたのお母さんに嫌われてるって言ったの。あなたの婚約者は好かれてたのかしら？」気になってきいた。

「ブライアナ……」

「好かれてないわね」ブライアナは思いをめぐらせた。「お母さんはあなたを誰にも渡したくないのよ」

昨日の夕食でもそれははっきりしていた。女主人の役目として座席の割り振りはマーガレット・ランドリスがしたのだろうが、ブライアナの席はネイサンからいちばん離れた、テーブルの端だった。

「母のことはこの際どうでもいいんだ」ネイサンは口調を強めた。「君も気にするんじゃない。前にも言ったが、おじいさんのこと、奇跡を期待してはいないだろうね。ジャイルズは相変わらず頑固だ。あの大きな屋敷で思い出だけを抱えて暮らしているんだから、頑固さは昔以上かもしれない」

当の屋敷が見えてきた。日曜の朝の道を、二人はネイサンの約束どおり一緒に歩いてきた。マロリー家は管理の行き届いたランドリス家とは似ても似つかなかった。私道や庭は草ぼうぼうで、灰色で石造りの建物自体も無惨なほどに手入れがされていない。

ブライアナは何も答えずただ砂利道を進んだ。徒歩に備えて、服は丈の短い青色のセーターと、足首までの黒いブーツに合わせた同じ色のジーンズを選んでいた。七十歳の、それも陰険な老人には眉をひそめられる服装かもしれないが、別にかまいはしない。ジャイルズ・マロリーを喜ばせるために来たのではないのだから。私はただ、レベッカが子供の父親の名前を話したかどうかを知りたいだけなのだ。

「ブライアナ……」

「心配はよして、ネイサン」ブライアナは気短に言った。「最後に許してやろうと思って来たわけじゃないわ。それに丸一日あなたの家族と過ごしたあとだもの。ジャイルズ・マロリーだっておとなしく見えそうよ」鋭くつけ足す。

ネイサンの親戚は結びつきが強いようだ。でなければ一緒に過ごしたりしない。ひとりひとりの個性が強いのと、昨日の夕食では茶目っ気のあるサムというあおり役がいたこともあって、さまざまな話題で熱い議論が盛り上がった。ブライアナは聞き役に徹しながら、結局自分の家族ともそう変わらないわ、などと考えていた。彼女の家ではゲアリーが茶化し役だ。サムとゲアリーが一緒の場にいたらと思うと、背筋がぞっとしてしまった。

「サムのことは忠告したよ」彼は顔をしかめた。

でも母親については言ってくれなかったわ……。

マーガレット・ランドリスは一、二度ブライアナを会話に引き入れようとしたが、あれは単に議論で負かそうとしたかったのだと思う。だからどんな話題でも、ブライアナはどっちつかずの立場を取った。煮え切らない人間だと思われただろうが、それで週末が過ごしやすくなるのなら誤解も大歓迎だった。

「サムはとてもいい人だわ！」

「舞台と現実が区別できてない」ネイサンは苦い顔をした。「いつも観客を意識してふるまってる」

ブライアナは笑いにむせてしまった。「あなたもゆうべは何度か困ってたわね」本当は何度もだ。

「みんなを困らせてくれるよ」彼は不満そうだ。

「私は困らなかったわ」ほほえんだまま言ったが、彼のこんなおしゃべりも、マロリー家に着実に近づいているのを意識させないためだとわかっていた。だから喜んで彼に応じた。実際、彼女の神経はぎりぎりまで張りつめている。

ネイサンは眉を上げた。「まだ困らせるほど君のことを知らないからさ。見ててごらん！」

ブライアナは顔をくもらせた。知ってもらう時間はないわ。この週末で終わりなのよ。

ネイサンの手がそっと腕に触れた。「まずは僕に任せてくれ、いいね？」がっしりしたオーク材のドアの前だった。「執事のバーンズとは顔見知りだ」

「ええ、それで中に入れるのなら」

ネイサンは深呼吸で気持ちを落ち着かせてからベルを鳴らした。「バーンズはジャイルズと同じくらい高齢なんだ。だからちょっと待たされるよ」

彼の言葉は正しく、ようやくドアを開けた男性は、ドアと同じくらい古めかしくて動きが緩慢だった。

男は玄関ホールの暗がりで目を細くした。「あなたでしたか、ミスター・ネイサン」ぎいっと鳴ったドアのちょうつがいさながらにさびついた声だ。

「バーンズ、ジャイルズに会いたい」ネイサンは声を大きくした。相手は腰も曲がっているが耳も遠くなっているらしい。

執事はゆっくりと首を振った。「今日はあまり適当ではないかと。私としましては……」

「客が二人会いに来たとミスター・マロリーに伝えてください」ブライアナは頑として言った。門前払いはごめんだった。それも、こんな茶番劇めいた展開になってはなおさらだ。

執事の細めた目が今度はブライアナのほうを向き、しわだらけの眉が寄った。「あなたさまは?」

「ギブソンです」それだけ言った。

「ジャイルズに伝えてくれ」ネイサンは疲れた声を出し、執事が足を引きずりながら奥へ消えるとブライアナを振り向いた。「任せてくれと言ったのに」

「追い返されるところだったのよ。私はレベッカの父親に会いたいの」

ネイサンはふうっと息を吐いた。「はじめからここに来るのはどうかと思ってたんだ。君は……」

「ミスター・マロリーが読書室でお待ちです」足音ひとつしなかったので、二人とも執事が戻ってきたとは気づかずにいた。執事も、主人が会うと言ったことに驚いているようすだった。

入っていった読書室には、ほこりだらけで何百年も開いていないかのような本が並んでいた。すり切れた絨毯《じゅうたん》に使い古した椅子。暖炉に申し訳程度の火はあるが、部屋はほとんど暖まっていない。

「これでくもの巣がいくつかかっていたら、ディケンズの『大いなる遺産』そのものね」ブライアナはネイサンにささやいた。こんな汚く雑然としたところに、お年寄りがよく住んでいられると思う。

「ただし、わしはミス・ハビシャムじゃないし、あんたもピップじゃない」ばかにするようなしゃがれ声がした。暖炉わきのウイングチェアで、背中を丸めて座っている男が二人を見ていた。「それに、わしの耳だって十分聞こえとる」

ブライアナは母方の祖父に当たるその男をじっと見つめた。とにかく意外だった!

農家の息子だったと聞いて、小柄でがっしりとした頭のはげた血色のいい人をなんとなく想像していた。けれど今おもむろに立ち上がった彼を見ると、ネイサンほどの背丈はゆうにあり、痩身《そうしん》で髪は真っ白でふさふさ。横柄そうな顔に赤みなど全然ない。ツイードのスーツは着古しだが、それをどうでもいいと感じさせる強さがある。こわいくらいだ……。

「突然失礼しました」ネイサンが礼儀正しく言い、男は読んでいたらしい本をサイドテーブルに置いた。

「おまえは悪いと思ってるだろうが、ネイサン」ジャイルズ・マロリーの厳しい視線は青ざめたブライアナの顔に据えられたままだった。「そっちのお嬢さんはどうかな。わしが想像とは違ったんだろう？」最後に満足そうに言い足した。

明らかな攻撃にブライアナは動揺した。「自分でもどう想像していたのか……」

「わしも何を想像していたのか、はっきりせんよ」ジャイルズが近づいてくると、一気に威圧感が増した。彼はブライアナを上から下まで眺めてからうなずいた。「母親に似ているな」はっきりと言った。

「あなたは……私が誰だか……わかって……？」

「そりゃわかる」いらだたしげにうなった。「自分の孫をわからんとでも思ったか？」

彼は私の正体を知っている！

7

ブライアナはジャイルズをまじまじと見た。見つめることしかできなかった。彼は私が誰だか知っている。どうしてなの？　それに孫が目の前にいるのに、なぜ怒ったり狼狽《ろうばい》したりしないの？　理解できない。こんな展開はとても予想していなかった！

「舌を抜かれでもしたか？」ジャイルズは緊張して声の出ないブライアナに冷たい調子で言う。

「ジャイルズ……」

「わしは孫に話しとるんだ、ネイサン」口を開きかけたネイサンを、彼はそっけなくあしらった。

「わかりますが、ジャイルズ。ブライアナはその……動揺してます」

「なぜ動揺する必要がある？」彼は執事を呼ぶためだと思われるベルを鳴らした。「わしが押しかけたのならともかく、会いに来たのはそっちだろうが。バーンズ」彼はブライアナのすぐ後ろ、戸口にあらわれた執事を見た。「コーヒーを三人分。コーヒーは飲めるね？」ブライアナにぶっきらぼうにきく。「あんたの母親は飲まなかったからな」

「私は……飲みます」ブライアナはうなずいた。

「あの……座ってもいいですか？」立っているのがつらくて顔をしかめた。ジャイルズの反応には頭が混乱するばかりで、まるきりわけがわからない。

「ああ、いいとも」彼はいらいらと答えた。「戸口に立っているために来たんじゃなかろう」そしてネイサンに言った。「ご両親は元気かな？」

ネイサンもブライアナに劣らずとまどっているようすだ。「え、はい……おかげさまで」

「それは何よりだ」軽くうなずいてから、彼はブライアナに視線を戻した。「気分はよくなったかね？」

気分も何もないわ！　ブライアナはこの男を憎らしく思うはずだった。会う前から軽蔑《けいべつ》していた。なのに、こうして顔を合わせてみると……。

「もっとも、おしゃべりな女も我慢できんが」ジャイルズは暖炉のそばで、ブライアナの向かいに腰を下ろした。「座らんか、ネイサン。部屋が雑然と見えていかん」

こんな呆然《ぼうぜん》自失の状態でなければ、ブライアナは笑ってしまっただろう。部屋はどこもかしこも本で埋まり、しかもほこりだらけだ。黒いパンツとクリーム色のシャツというこざっぱりした装いのネイサンが、部屋をこれ以上雑然とさせられるわけがない。

しかしネイサンは、ひとつの椅子から本をどけると、少し離れた場所におとなしく座った。

「今にも飛びかかってきそうだな」そわそわ落ち着かないブライアナにジャイルズ・マロリーが言った。

「わしは狂人じゃない。わめき散らしたりはせんよ。まあ、おそらく反対のことを吹き込まれて来たんだろうが……」彼はネイサンをじろりと見た。

「ネイサンからはほとんど何も聞いてません」少し冷静さが戻りつつある。助かった！

ジャイルズはにやりと笑った。「しかし、万一に備えてつき添いがいる、と思う程度の話はした」

ブライアナは彼を凝視した。「あなたは楽しんでるんですか……？」

「もちろん、楽しんどるよ。わしがどれだけ待ち望んできたか」冷たく責めるような言い方だった。

「何をです？」ブライアナは彼を凝視したままだった。いったいこの人は何をしようとしているの？じりじりと私をどこかに追い込もうとでも……？

「そりゃ、孫に会うことをだ」

ブライアナは首を振った。「私が来るだろうと、あなたにどうしてわかったんですか？」

彼は真っ白な眉を上げた。「来なければレベッカの気性は少しも受け継いでないということだ。レベッカは何事からも逃げなかった」

「あなたからは逃げたわ」彼女はぴしゃりと言った。

ジャイルズは急に体を硬くして目を細めた。「そう言われたのか？」

「事実ですもの」強い口調で言った。彼の冷静さが不気味で、探るように見返した。「違いますか？」ゆっくりと問いかける。

「正確じゃないな」泰然とした声だった。「ああ、コーヒーが来た」執事が部屋にあらわれるより先に、かたかたとカップの音が聞こえてきた。

ジャイルズが腰を上げ、彼女の隣のテーブルから本の山をぞんざいに床に移した。

ブライアナはそれを見守った。底意地の悪い暴君というより、なんだかさびしげなお年寄りに見えてきた。自業自得の結果だが、そう感じてしまう。

年寄りの執事がカップののったトレイをよろよろと運んできた。今にも落としそうなようすに、ネイサンがさっと立ち上がって受け取った。ポットとカップに手製のクッキーの皿が添えてあるところを見ると、料理人もいるのだろう。改善が必要なのはどうも屋敷の切り盛り自体らしい……。

「コーヒーをついでくれ、嬢ちゃん」執事が去るとジャイルズはきびきびと指示をした。

「私はブライアナです」ブライアナははっきり言ってポットを取り上げた。

「名前は承知しとる。ああ、そのクッキーもな」

「なんでもどうぞ」

ジャイルズの口もとがゆるんだ。「母親の血は確かにあるとわかったが、わしの見るところ、祖母の血もだな。いや、感心なレディだ」ブライアナがコーヒーとクッキーを渡すと、優しく言い添えた。

時の流れが丸くしたのだろうとブライアナは思っ

た。彼と、そして彼の記憶を。どう見ても想像していた非道な暴君のイメージは感じられない。

ジャイルズはネイサンに笑いかけた。「それで、あんたは孫をどう思っとるんだ？」

ネイサンはいかにも答えにくそうだった。「ええ……彼女は気概がありますよ、ジャイルズ」

「美人でもある」からかうような言い方だった。

ネイサンはブライアナにちらりと視線を向けて、困惑顔のブライアナにほほえんだ。「ええ、とても」

そう聞いてジャイルズは満足げにうなずいた。

「あんたの家族はどう判断したね？」

「僕は――」

「答えないで、ネイサン」ブライアナは彼にコーヒーとクッキーを渡しながら不機嫌にさえぎると、自分のコーヒーを持って席に戻った。「私たちは、あれこれ質問に答えるために来たんじゃありません」

ジャイルズにきっぱりと言い放った。

「質問をするのは自分のほう、か？　ならひとつだけ聞かせてくれ」わずかにためらいが感じ取れた。

ブライアナは鋭い一瞥《いちべつ》をくれてから目を細め、慎重に尋ねた。「どういう質問でしょう？」

ジャイルズは口もとを薄く引き結んだ。「出ていく前にあんたの母親にきいた質問だ。その質問のせいで逃げ出したと言うべきかな」苦々しげに言い直す。「あんたの父親は誰かね？」

「彼女はなんと答えたの？」ブライアナは息を止めて待った。

「あれが答えるわけがない」ジャイルズは吐き捨てるように言って席を立った。「なぜ出ていったと思っとる？」

「ジャイルズ……」

「いいのよ、ネイサン。話してもらえませんか」ブライアナはジャイルズ・マロリーに向き直った。

「今言ったろうが」もじゃもじゃの白い眉毛の下か

らにらみつける。「わしは子供の――あんたの父親を知りたかった。レベッカは答えないまま、言い争いになって出ていった」静かな淡々とした声だった。「どうして連れ戻そうとしなかったの？　たった十八歳よ。頼る人もなくて、妊娠までしてたのに！」「わしがそのことを考えなかったと思うかね？」彼は冷たい憤りをあらわにした。「レベッカはわしにも、誰にも見つかるまいとして、名前まで変えおった。人を使って何週間も捜したが……」

「どうしてです？」思い切ってきいた。「どうして彼女に帰ってほしかったんです？」

「あんたの考えとる理由からじゃない！」鋭い目つきでにらむ。「二十年以上もたってから先入観を持ち込むな、ブライアナ。あんたは昔のわしらを知らなかった。今だってだ。そして……」今度はネイサンを見た。「おまえも人の話を聞いたにすぎん。真実が常に見かけどおりとは限らんものだ。子供のころのおまえには、わしが耐えがたい暴君に映ったろうが、あれは……」言葉がとぎれた。顔がみるみる白くなり、ひっと荒い息を吸ったかと思うと、ジャイルズは後ろの椅子にくずおれた。

「どうしたんです？」ブライアナの顔は不安に青くなり、身を乗り出してきいた。

「薬」あえぐように言うと、ジャイルズは椅子の肘を固く握りしめて、いかにも苦しげに体を二つ折りにした。「バーンズを。対処は彼が心得とる」

そういえば、応対に出たとき、今日は適当でないと執事が言っていた。私の判断が正しければ、ジャイルズ・マロリーは心臓に疾患を抱えている。

「私が行くわ」言って立ち上がった。「襟をゆるめてあげて、ネイサン。動かさないようにね」

「さすが医者の娘だ」急いで出ていく彼女の耳に、ジャイルズの乾いたつぶやき声が聞こえた。

なぜ父が医者だと知っているの？　ブライアナは

首を振った。いいえ、ジャイルズ・マロリーは誰よりも事情に詳しいんだわ――そうに違いない。

キッチンでコーヒーを飲んでいたバーンズはすぐに見つかったが、薬がいるとわからせるのに少し手間取った。真っ先に反応したのは初老の太った料理人で、彼が錠剤のびんを出してきてくれた。

大急ぎで読書室に引き返す。ジャイルズはさっきと同じ姿勢のままで座っていたが、薬をのむと即座に効きめがあらわれて、じわじわと頬に赤みが戻ってきた。ただし憔悴《しょうすい》した表情はそのままだ。

「少し休んだほうが……」

「二十一年間休みっぱなしだった」彼はぼそりと言い、椅子に背を預けてぐったりと目を閉じた。

ブライアナが生まれ、レベッカが死んだときからだ……。

ジャイルズは荒々しく息を吸ってから、目を開けて彼女を見上げた。「ちょっと休もう。だがあんたとはまた話したい。今度は一対一で。四時に戻ってきてくれ」勝手に決めて指示をする。

ブライアナにはネイサンの懸念が見て取れたが、実際ジャイルズ・マロリーと会ってみて、恐れることはないと思った。無作法で不機嫌で、やたら態度が大きいけれど、あしらえないものではない。「四時にまた来ます」ブライアナは承知した。

「いい考えとはとても思えないな」ランドリス家へ戻る途中で、ネイサンが突然言い出した。不満が険しい顔つきにあらわれている。

「彼とは話す必要があるの。ひとりなら向こうももっと打ち解けてくれるんじゃないかしら」

ネイサンはじっとブライアナを見た。「何か言われて、君に傷ついてほしくないんだ」

「ジャイルズが私を傷つけたがっているとは思えないわ」慎重に言った。「そうは見えなかったもの」

それどころか、考えてみればみるほど、ジャイルズは自分の訪問を喜んでいたように思えてならない。

「話を聞けば君は傷つくかもしれないよ」

　ブライアナは首を振った。「真実なら平気だわ」

「どうして真実だと思う？」ネイサンは急に立ち止まると食ってかかった。「向こうはなんだって言えるんだぞ。否定できる人間はいないんだ！」

　ブライアナはひるむことなくネイサンに向き直った。「私は真実を話してもらえると思ってる」

「じゃあ君が会いに出かけたあと、僕は家族にどう説明すればいい？」

　ブライアナは考え込むように口もとをゆがめた。

「けんかしてひとりで散歩に出たというのはどう？今の雰囲気からすれば、真実からそう遠くない説明でしょう」ため息をついた。

「僕はただ君を守りたいんだ」

「感謝してるわ」

「してるものか！」彼は頭に血が上り、もはや自制心が完全に消え失《う》せてしまっている。「君は頑固で、融通がきかなくて、無謀で……」

「違うわ！」ブライアナも激しい剣幕で言い返し、二人はランドリス家とマロリー家の境の林でにらみ合った。「無謀な行動をしたことは一度もないわ！」

「今はそうなりかけてるね。僕はジャイルズに会うこと自体反対だった。まして……」

「どうして、ネイサン？」反抗的な目できいた。

「言ったじゃないか……」

「私を守るためね。でも守ってもらうほどのこともないわ。確かに無礼な人だけど、それ以外は……」

「相手はまだ何も話してないんだぞ、ブライアナ。なのにひとりで戻ると言い張って。それが無謀でなくて、何が無謀なんだ！」

　ブライアナの両頬は怒りで真っ赤に染まっていた。

「これは無謀じゃないわ、ネイサン。私の権利なのよ！　今週お世話になったことは感謝してるわ、でももう……」

「もう僕は用なし、か！」ネイサンは乱暴に言って、ぐいとブライアナの肩口をつかんだ。

「そんなこと言ってないわ！」彼の手の力強さに驚いてブライアナはあえいだ。

「言う必要はないね。これではっきりした。僕は目的のための手段にすぎなかったんだ」

「そんな。私……あなたが好きなのに」彼の剣幕に押されて、控えめな表現しかできなかった。

瞳が黒く陰ったと思うと、ネイサンは荒々しく唇を押しつけてきた。両腕で彼女の腰をしっかりと支え、体を引き寄せながら唇を動かす。

これまでとは違う激しいキスに、ブライアナは思わず身を引こうとした。しかし、その瞬間激情が襲ってきて、気がつくとキスを返していた。腕を彼の肩に回す。固い筋肉の感触が心地よい。

静かに地面に横たえられると、背中に苔《こけ》むした草が柔らかかった。彼は唇を重ねたままブライアナに覆いかぶさる。欲望に満ちた鼓動が伝わってきた。

ブライアナのセーターが押し上げられ、水色のレース使いのブラジャーがあらわになった。温かい唇がクリーム色の肌を愛撫《あいぶ》していく。

まだ足りない、もっとほしい……。ブライアナは自分でブラジャーのフロントホックを外し、彼の唇がばら色の頂に移ると、耐え切れずに胸をそらした。彼は舌で硬くなったつぼみをぬらしながら、手でもう一方の柔らかい胸のふくらみを包み込んだ。

体が燃えていた。ネイサンを求める気持ちが体中からわき起こってくる。胸を吸われて彼の頭を片手でかき抱いたとき、唇が反対の胸に移って、ブライアナは湿った胸にひんやりと風を感じた。

快楽にとらわれたブライアナは、せわしなく体をくねらせた。もっとほしい、もっと……。

しかし彼女の気持ちの高まりを察して、こんな場所でこれ以上続けるわけにはいかないと気づいたのか、急にネイサンは体を離すと腕で目を覆い、息をはずませながらごろりとあお向けになった。

急にほうり出されてブライアナは混乱した。だが横に並んだネイサンを見やるとわずかに顔が青ざめた。彼も腕を外してこっちを見ている。その表情にブライアナはあわてて起き上がり、ブラジャーのホックを留めてセーターを下ろした。ネイサンは今の出来事にショックを受けているようだった。

彼が横に立っても顔さえまともに見られず、ブライアナは視線を胸の辺りに据えてはっきりしない声で言った。「お昼に遅れるわ」

「ブライアナ……」

「忘れて、ネイサン」発作的に言った。「今はお互い気持ちがちょっと高ぶってるのよ、だから――」

「言いわけはいい！」また両腕をつかまれた。「僕がキスをしたのは、キスしたかったからだ」

「私はその先に踏み込んだのよ」抑制のきかない自分に首を振った。だめなのだ。この人とだけは……。

ネイサンは片手を離すと、ブライアナの顔を無理やり上向かせ、厳しい瞳で見つめた。「僕だってずっと先まで行きたかった」かすれた声で言う。「ただ……僕は……」

「わかってるわ、ネイサン」ブライアナは彼のためらいをさらりと受け流した。

「いいや、わかってない！　今は時期が悪いんだ、ブライアナ。場所だって」ネイサンはまわりの木々や草を見渡した。

彼の言葉は正しいけれど、理由がそれだけでないこともブライアナにはわかっていた。さっきの自分の醜態。もう少しで私は彼に身を投げ出していた！

「昼食が待ってるわ」ことさらに明るい声を出した。

「ブライアナ、僕らは話し合う必要が……」

「適切な時と場所を選んでからね」彼の腕を取った。「本当にもう帰らないと……あなたの家族が捜索隊をくり出さないうちに！」

帰りつくまで二人は無言だった。昼食でもネイサンとは席を別にされたが、ブライアナはがっかりするよりほっとした。左隣がサム。右隣はピーター・ランドリスで、そこがテーブルの端だった。サムがいてくれたので、ブライアナは彼女が話すに任せて、自分はほとんど黙りこくっていた。反対の端に母親と座っているネイサンのことばかりが気になったが、それでもわざと目は合わせずにいた。

「ネイサンとけんかでもしたの？」最後にコーヒーが出されたとき、サムが声をひそめてきいた。

ブライアナは顔をしかめてきき返す。「え？」

サムは気にせず笑いかけた。「だってネイサンを完全に無視してるし、ネイサンはネイサンで、人目を気にしながらちらちらと心配そうにこっちを見てる。だから、けんかかなと思ったの」

ブライアナは唇をかんだ。「ネイサンと口論する人はいるのかしら？」そして勝つことはある？

「私」サムはほがらかに答えた。「もっとも私はしょっちゅうだけど」肩をすくめる。「わかってる。確かに気むずかしいところがある人よ。でも――」

「けんかじゃないのよ、サム」穏やかにさえぎった。「たぶん、家族といると私がちょっと……異分子に見えるのね」二人のよそよそしさをそう弁解した。

サムは釈然としない顔だった。「つまり……？」

ブライアナはため息をついた。「私は医者の娘なの。病院で受付係をしているわ」

「まさか、変なこと考えてないでしょうね。だって、とんでもなくばかげてるわ。ここにいるのはふつうの家族よ。どこにでもある……」

「そうかしら」からかい口調で声を強めた。高価なカットグラスと銀食器が並んだテーブルで、給仕は使用人がしてくれる。料理も奥にあるキッチンで別の使用人が作ったものだ。

「ネイサンは気取った俗物じゃないわ」サムはネイサンに代わって腹を立てた。「ほかのみんなだって。昨日はマーガレット伯母さんのことをそんなふうにも言ったけど、伯母さんも本当はいい人よ」サムはクラリサと話しているマーガレット・ランドリスを見やった。「とても優しい人たちなの」

「サム、あなたの家族に不満なんて――」

「ネイサンの家族でもあるわ」サムはぴしゃりと言った。「驚いたことにね、ネイサンの婚約者は秘書だったの。法廷で出会ったんですって」

「でも婚約は解消された」

「ただし、家族が彼女の素性や仕事に眉をひそめたからじゃないわよ」間髪を入れずにサムが言う。

「その女は金目当てだった。結婚前にネイサンが運よく気づいたってわけ」

人となりと関係ない部分でネイサンが興味を持たれるなど、考えただけで胸が痛んだ。裕福であることが利点というより障害になっている。「痛いめにあえば、二度目は臆病《おくびょう》になる、というわけね」

「あなたは金目当てとは違うわ」サムは言い切った。

「もちろん」ずいぶんまじめな話になってきた。

サムが顔をしかめる。「こういう場所には……」彼女は周囲を手で示した。「ついていけない気がするのね。それでネイサンとけんかしたんでしょ！」

「けんかはしてないの。そうね……たぶん、展開が速すぎたのよ。お互いにとって」ネイサンをこんなに好きになりたくはなかった。特に今は！

「その理由もどうかしら。ネイサンは衝動的に何かをする人じゃないわ。むしろ逆だもの」サムは彼への愛情に満ちた顔で言う。

そうかもしれない。かといって今朝林で起こったことが、考えたうえでの行動とはとても思えなかった。激しい感情に襲われて、ネイサンもブライアナに劣らず動揺していたように見えた！

ブライアナは小さく笑った。「そんな心配そうな顔しないで、サム。ネイサンとは大丈夫だから」

サムはまだ納得していないようだった。「私は彼が二度も傷つくのは見たくないの……」

ブライアナは彼女の腕をしっかりと握った。「傷つけるつもりはないわ」しかし、自分のことはそうも言えなかった。ネイサンを愛するなんて気がふれたようなものだ。

そしてネイサンは、ジャイルズにひとりで会うと言うブライアナを気がふれたと考えているようだった。午後になってまた口論になったが、ブライアナはそのままマロリー家に向かった。いがみ合ったまま別れたので、レベッカの父親の待つ読書室に通されたときも、彼女はまだむしゃくしゃしていた。

ジャイルズは鋭い目つきでブライアナを観察した。

「ネイサンはいい顔をしなかったようだな」

ブライアナは怒った顔で一瞥した。「予想できたでしょう？」暖炉わきの肘かけ椅子に自分からさっさと腰を下ろした。

「やつはあんたを気づかってる」彼は肩をすくめた。

「あなたのことを、私よりよく知ってるからかもしれないわ」彼とはネイサンのことを話したくない。

ジャイルズは身を乗り出した。朝よりずっと調子がよさそうだ。頬の赤みも戻って目には挑戦的な光が宿っている。「わしをもっと知りたいか？」

ブライアナはごくりとつばをのみ込んだ。「知りたいわ。その昔何が起こったのか」

彼はうなずいた。「わしなら話せると思うわけだ」

「あなたは知ってるはずです」

ジャイルズはゆったりと椅子の背にもたれた。

「何もかもとはいかん。すべてを知っちゃおらんよ。だが知ってることは話そう。じっと座って、話が終わるまで黙って聞くことだ。できるかな?」

ブライアナは唇をゆがめて笑った。「無理だとおっしゃりたいのね!」

「ああ」ジャイルズは大きくため息をついた。「わしは驚いた、ブライアナ。レベッカとまるきり違う環境、違う家族の中で本当の母親も知らずに育っていながら、あんたは母親そっくりだ。顔だけじゃあない。顔を見て声を聞いていると、二十年前に戻って娘と話している気になる。来てくれてうれしいよ、ブライアナ。いや、心配はいらん。感傷的になるつもりはない。もうこの年だ。人生終わったと、とうに思っとる。今さら何も変えられん。ことに犯したあやまちはな。許しを乞《こ》おうにも、みんな死んだ。あやまちを抱えて生きるしか、もうできんのだ」

「話してください」

「どこからはじめるか……」彼は椅子に頭をもたせかけて目を閉じた。「無骨な農家の息子が、父親の耕す畑の持ち主の娘を好きになったところか。言っとくが、わしのことだぞ、ブライアナ」自嘲《じちょう》ぎみに言う。

わかっていたが、じっと座って話を聞くと決めた以上、ブライアナは黙っていた。

「ジョアンはきれいだった。ブロンドで、青い目で、十九だった。わしより十歳若かった。あっちの家族は夏だけここで過ごした。わしは気づいてもらうずっと前から彼女が好きだった。そしてその夏、事情が変わった」穏やかに続ける。「ジョアンは一年ほど教養学校かどこかに行っていたが、戻ってくると、わしらは一緒に乗馬をするようになった。どんなに楽しかったか。ジョアンといるだけでうれしかった。向こうも同じ気持ちのように見えたから、ようやく勇気を出して結婚を申し込んだ」

声にジョアンへの当時の愛情が感じられ、ブライアナは話を聞きながら目頭が熱くなってきた。

「イエスと返事をもらったときは仰天したが、あっちの家族には予想どおり反対された。残る道はこれしかないとジョアンが言い、わしらはなんの未練もなくかけ落ちして結婚した。そう、レベッカとも似ているな」ジャイルズはブライアナの表情に答えた。「ジョアンの家族はひどく怒ったが、両親も最後には折れてこの家を譲ってくれた。ジョアンは彼らの娘に戻った。だがわしはいつまでたっても娘を奪った男で、受け入れられることはなかった。想像できるだろうが、まわりは長く続くまいと思っていた。だからこそ、わしは絶対添いとげてみせると心に誓った」思い出しながらさびしげに首を振る。

若いジャイルズの姿が目に浮かぶようで、愛する女性とようやく結ばれた喜びがわかる気がした。

「だがあとで気づいた。ジョアンが結婚したのは失恋の反動だった」悲しげに言う。「恋に落ちたあの夏、ジョアンはほかの男と別れた痛手でどうにでもなれという気持ちだったのだ。相手の男は結婚を控えていたらしい」

ブライアナは彼を凝視した。つまり、それから二十年後に同じことがくり返された……。全く同じ状況ではないにしろ、信じがたいほどの偶然だわ。

ジャイルズは彼女の視線を受け止めた。「最初のうちは気づかなかったが、結局、そうかと得心した。気づいたのは、この家をもらって、その男の隣に住むことになってからだ」

ブライアナは目を丸くした。隣って……？　隣はピーターとマーガレットのランドリス夫妻だ。ピーター・ランドリスが……？

彼女の驚愕《きょうがく》の表情にジャイルズが言った。「ネイサンを呼びたくないわけがわかっただろう？」

ブライアナは息をのんだ。嘘《うそ》よ。そんなはずない。だがそこで思い出した。ジョアンの結婚生活を振り返るときのピーター・ランドリスの沈痛な表情。レベッカにそっくりだと私をじっと見つめていた彼のようす。あれは、ジョアンに似ていたから……？

ジャイルズは荒く息を吸った。「わしは嫉妬《しっと》に狂った。ジョアンは結婚前に終わっていたと、今好きなのはピーターじゃなくわしだと言ったが、とても信じられんかった。ピーターのような男のあとでどうしてわしみたいな粗野な男を好きになれる？　わしはジョアンを独占するという血迷った考えに取りつかれた――そんな表現でしか、とうていあのころの狂気は説明できん。いつも一緒にいれば、別の相手と過ごす機会もないと思った。娘が生まれたときでさえ、愛情がそっちに行くのが我慢ならなかった」ジャイルズはかつての強迫観念に顔をゆがめた。「全部本当の話だと言ったら信じるかね？」無言のままのブライアナにざらついた厳しい声できく。

ブライアナは信じた。疑えるはずない。彼はすべてをさらけ出してくれている。愛する人たちと我が身を滅ぼすだけに終わった、愚かな強迫観念の話まで。こくりとうなずいた。そして愛情が強すぎた目の前の男性のために胸の痛みを覚えた。

「レベッカはわしを憎んで育った」ジャイルズは淡々と続ける。「当然の成り行きだ。わしが母親を奪ったんだからな。わしはジョアンと旅行に出て、ときには何カ月も帰らんかった。家にいてもレベッカはほったらかしだ。ジョアンを独占できればそれで満足だった。結婚生活と娘への愛情とのはざまで、あれはどんなにかつらかったろう。そして死んでいった」妻の死を思い出してジャイルズの声は震えた。彼はジョアンを愛しすぎただけなのだ。「わしの強迫観念も一緒に消えた」

強迫観念のお定まりの結末……。なんて悲しいの。なんて無意味な、なんて残酷な……。

「残ったのは……」ジャイルズは静かに言った。「幸せのかけらもない真っ暗闇《くらやみ》の生活と、それによく知らない十三歳の娘だ。娘はわしをかたきのように憎んだ。いや、言わんでいい、ブライアナ。百八十度違った生活もできたのだと、長年のうちにわしも気づかされた。信じられんかもしれんが、ジョアンはわしを好きだったんだ。好いていたからこそ、わしの理不尽なふるまいにも耐えたんだな」妻の思い出にジャイルズの表情がやわらいだ。「あれは何年も自分の愛情をわからせようとしていた。わしは信じなかった。信じられんかった……」気を静めるように大きく息を吸う。「母親が死ぬと、レベッカはわしとの接触を一切断った。家にもわしが留守とわかっているときしか戻らん。わしはつとめて家をあけるようにした。罪滅ぼしの気持ちからだ。何かしてやろうにももう遅すぎて、娘は何も受け入れなかった」彼は頭をたれた。「ジョアンをいとおしむ気持ちのあまり、わしは結婚生活を地獄にし、結局は妻を失ってしまった。そして娘は、ずっとかえりみなかったことで、わしを二度と許せなかった」

ネイサンと彼の父親の話どおりだわ。ただそこには、ジャイルズの持つ愛情への理解が欠けていた。強迫観念になっていた愛。それもジョアンが以前ピーター・ランドリスとつき合っていたせいで。ジャイルズの愛情や、そのために独占欲にかられたことはわかったが、悲劇は悲劇だ。でも、これで彼のさまざまな行動の説明はつく。

「わしは娘と心を通わせようとした。遅すぎると断言されたよ。十三年ほど遅かったとな」自分を責めてしぼり出すような声で言う。「会話らしい会話もなしに五年が過ぎた。最後に話をしたのが、子供ができたと言われたときだ」ふっと口を閉ざし、またすぐに続ける。「男とは別れた、誰だって関係ないだろうと言いおった。しかし子供は産む気でいた」

「中絶させたかったのね」ブライアナは口をはさまずにはいられなかった。その子供は自分なのだ！

「断じて違う！」ジャイルズは大きく首を振った。「赤ん坊が生まれれば、父と娘の関係もようやく取り戻せるんじゃないかと期待しとったよ。わしは親子ともども面倒を見るつもりだった」

「でもレベッカは逃げ出したわ……」

「わしからじゃない！　信じられまいな。当然だ。信じた者はひとりもおらん」苦々しい口調だった。

「みんな、わしが妊娠した娘を勘当して追い出したと想像した。事実は全く逆だ。わしは妊娠がお互いを知るきっかけになると考えていたんだ」ジャイルズはブライアナから目をそらすと、暖炉の上の置き時計をぼんやりと見つめた。「出ていく前にあいつは言い残した。子供をここで育てたくはない。わしとかかわらせるより他人に渡すほうがましだと」

つらい子供時代を送った怒りが、そんな言葉になったんだわ……。もう遅すぎる、許すこともできないと思ったのね。

ジャイルズがブライアナに向き直った。瞳の奥に炎が見えた。「あんたを手放した二日後に、レベッカは自分で命を絶ったよ！」

ブライアナは下唇を強くかんだ。強すぎる愛情のために、ひとつの家族がまとまるどころかばらばらに壊れてしまった。「あなたはお葬式にも出てないわ」態度を完全に軟化させることはできなかった。理由がどうあれ、彼は不幸を引き起こしすぎている。

ジャイルズは目を閉じて嗚咽《おえつ》をのみ込んだ。「レベッカの気持ちを考えた……おそらく、あれの生涯で初めてだ」自分を責めている。「何度も苦しめてきた。死んでまでいやな思いはさせられなかった」

「彼女の子供は？」ブライアナは喉をつまらせながらきいた。「あなたの孫は？」

「わしにはなんの権利もなかった！　わしはレベッカの希望に従った。娘はあんたを養女に出した。かわいがってもらえると信じた夫婦にな……」

「ええ、両親は愛してくれました」

「そうだな」ジャイルズは歯を食いしばった。「わしはあんたの生活には立ち入らずにいたが、住んでいる場所も幸せだということも知っていたよ」

自分の生活を知っている人間が続々とあらわれるのに、ブライアナはもう驚かなくなっていた。「それで、私の本当の父親は？」緊張しながらきいた。

「わしにもわからんのだ、ブライアナ。わかっているのは、おまえの母親がその男を愛し、その男のためにここを離れたことだけだ。名前は絶対に言わなかった。自分のせいで人が苦しんだ、これ以上誰かを苦しませることはできないと言っていた」

また袋小路だわ。

本当の父を知っている人は誰もいないの？

知っているのはどうやら本人だけのようだ。でもレベッカが心底必要としていたときにもあらわれなかった。今さら名乗り出てくれるとは思えない！

8

「知っているんだね、ブライアナ？」

顔を上げると廊下の向こうにピーター・ランドリスが立っていた。ブライアナはジャイルズ・マロリーと別れて、つい今し方ランドリス家に帰ってきたばかりだった。祖父との重苦しい会話のあとだけに、どうにも気力が戻らない。聞いた話すべてが胸を締めつけている。ブライアナだけでも許してあげられれば、ジャイルズの苦しみも少しは薄れるのだろう。でも、今はまだ許せるような気分ではなかった……。

ネイサンの父親についても、今となってはどう考えていいのか……。

ブライアナは用心深く彼の目を見返した。「何をでしょうか?」わざと言葉少なに返事をした。

ピーターは少し笑って、背にしていたドアを開けた。「ちょっと私の書斎に来てくれ、ブライアナ」

一瞬ためらいはしたけれど、ブライアナはすぐに彼の前を横切って優雅な内装の部屋に足を踏み入れた。最後に彼と話してから、ずいぶんいろんなことを知った。それもよくない話ばかりだ!

「ネイサンから聞いたよ。ジャイルズに会ったそうだね」ピーター・ランドリスは手で心地よさそうな安楽椅子を示すと、自分も別の安楽椅子に座った。

「私とジョアンとの関係を知らされたんだろう?」

ブライアナは彼の視線を挑戦的に受け止めた。

「ネイサンに話すつもりかときたいんですか?」

「いいや」かぶりを振って悲しげにほほえむ。「四十年前だ。まだネイサンの母親とも一緒になっていないころだよ」疑うような顔の彼女に説明した。

「でも……」

「婚約はしていたが結婚はまだだった」ピーターはブライアナのしかめっ面を見て言う。「マーガレットと結婚して四十年、私は一度だって彼女を裏切ってはいない。ジョアンと私は二週間、スイスで恋におぼれた。ジョアンは教養学校に通っていて、私は仕事で出張中だった。弁解はしない。婚約者がいる身で別の女性と親しくするなど許されることじゃなかった。だがジョアンは……いや、なんでもない」振り払うように言う。「間違った関係だった。そして私は国に帰り、マーガレットと結婚した。何カ月かしてジョアンもジャイルズと結婚したよ」

「失恋の反動からでしょう?」あっさり放免するのがしゃくで、少し責めるような口調になった。ただし、内心ではジャイルズの言ったことが正しいと思っていた。本当に愛しているのでなければ、ジョアンが夫のふるまいに我慢できたはずがない。

「それは違う。しばらくは私も反動だと思っていた。

だが、ジョアンが否定した。そうだよ、ブライアナ。私たちは友人だったんだ」唖然《あぜん》としているブライアナに言う。「夫を愛している、彼にもだんだんにわかってもらいたいと彼女は言った。幸せな結婚生活とは思えなかったが、ジョアンは身も心もジャイルズに忠実だった。彼女が死んで、初めてジャイルズと話し合った。もう遅すぎたが……」

このときいきなりネイサンが入ってきた。

「人の部屋にノックもせずに、なんだ」彼は息子を厳しく叱《しか》りつけた。

しかしネイサンは動じるふうもなく、ただ心配そうにブライアナを見つめて切迫した声を出した。

「大丈夫なのかい？」

ブライアナはちらりとピーター・ランドリスを見た。ジョアンとの過去を奥さんに話したかどうかはわからないが、ネイサンが知らないのは確かだ。

「ええ」振り返ってネイサンを安心させようと言った。「今お父さんに話してたところなの。ジャイルズはレベッカの恋人について何も知らなかったわ」ピーターと視線を合わせないよう注意しながら席を立つ。「部屋に行って着替えてくるわね。すぐ帰るんでしょう、ネイサン？」早くここを出たかった。考えることが山ほどある。くつろげる我が家で早くひとりきりになりたい。

ネイサンはジャイルズの話をさらりと流されて明らかに不満げだった。「君の準備ができたらいつでも」気持ちがよそにいっている。

「また事務所に来るんだよ。遺産のことがあるからね」ドアに向かうブライアナにピーター・ランドリスが声をかけた。

さっきの話の続きもあるというわけね……。

ブライアナは首を振った。「裕福だった母と祖母の話を聞けば聞くほど、お金なんてどうでもいいと思うんです」結婚相手が金持ちでなかったら、ジャイルズも愛情にきっと自信が持てただろう。ふつうの家族になれたかもしれない。ブライアナ自身、裕福でなくても今日まで生きてきて幸せだった。

「今はそう思うのも無理はないが、気持ちの整理がついたら必ず私のところに来なさい」

ランドリス・ランドリス・アンド・デイビス法律事務所に行かなければならないことも、せめて今だけはレベッカの遺書とかかわり合いたくないと思う理由のひとつだった。「ご連絡します」あいまいに答えた。「二日間お世話になりました。落ち着ける状況ではなかったでしょうに、感謝しています」彼の視線を正面から受け止めた。ジョアンとの問題は過去のこと。私はそっとしておくべきだと思っていますから——そう目顔で伝えようとした。

抱いていた疑問にも、結局ある程度の答えは見つかったのだ。想像もしていなかった疑問が加わったとはいえ、全体からすれば満足できる滞在だった。


「ジャイルズにはまた会うつもりかね？」ピーター・ランドリスが優しく尋ねた。

ここに来るまでは心底嫌っていた。当人が簡単に言い当てたように、ブライアナは彼を非道な暴君だと想像していた。でも今は……。ジャイルズはただのさびしい老人だ。彼にあるのは、幸せと同等の苦しみをもたらしているだろう思い出だけ。だが……。

「わかりません」それが本音だった。

ジャイルズにも帰りぎわに同じ質問をされたが、そのときもどう答えていいかわからなかった。考える時間と、場所が必要だった。

「ジャイルズにまた会いに来るのかい？」街へと車を走らせながら、ネイサンが視線を投げてよこした。

「わからないわ」ためらってから正直に答える。

「彼と話すのはつらかっただろうね」

そう、つらかった。でも今横にいるネイサンへの愛に気づいてしまったつらさの比ではない！

「ええ、どうしてもね」ブライアナは頭をシートにもたせかけた。「でも、ずっと自責の念にかられている人を憎み続けるのはむずかしいわ」

ジャイルズは事実自分を責めていた。結婚生活を息苦しくしたのも、愛するのが遅すぎて娘を失ったのも自分のせいだと。居場所まで知っていながら、当時の彼は私を引き取ってあやまちをつぐなうことはしなかった。それは認めるけれど、自責の念にかられる人がそんなに悪い人であるはずは……。

「そんなようすだったな。僕はあの人の気持ちを今日まで全然知らずにいた……」

「同情心がわいてきたの、ネイサン？　同情してもジャイルズは感謝しないわよ」

「そう言われればそうだ」

それきり会話はとぎれた。一キロ二キロと走るごとに、ブライアナは迫ってくる別れを意識した。たぶんもう二度と会わない。会う理由がないもの。

車が家の前につくとブライアナの気分はどん底まで落ち込んで、笑みを浮かべるのもやっとだった。

「昨日、今日とありがとう、ネイサン……」

「父に言ったような別れのあいさつはなしだ」ネイサンの目は輝いていた。「今朝は時も場所も悪かったけど、次は大丈夫だよ」彼の手がしっかりと二の腕をつかむ。「二、三日したら連絡する。一緒に食事をしよう」

ブライアナは目をしばたたいた。頭の中であれこれと考えが渦を巻く。わからない。ネイサンに誘われるのが、はたしていいことなのか。

「連絡したら……」ネイサンが軽くブライアナを揺すった。「うんと言うんだよ！」

「そう？」

「そうだ」横柄な言い方だった。「君をもっと知りたいんだ、ブライアナ……いや、そういう意味とは別に！」いぶかしげに眉を上げる彼女に強調した。

「何しろ出会った状況が変わっていた。それで……気持ちが、たぶん少し高ぶったままだったんだ」

「サムと話したのね？」合点がいった。

「サムが一方的にだよ」情けなさそうに訂正する。

「気づいたかどうか知らないが、サムは誰と話していようと、まず相手の話を聞かないやつだからね」

でも、今日ブライアナと話したときにはしっかり聞いていた。聞きながらこれはほうっておけないと思って、ブライアナが留守の間にネイサンに伝えたのだろう。

「あなたに誘ってもらう理由はひとつもないのよ」

「だから、理由はあるんだ！　もう一度君に会いたいと今言ったじゃないか」

はっきりとは聞いてない。彼としては伝えたつもりかもしれないけれど……。

「会っていいものなのかしら、ネイサン？」彼の家族、親戚《しんせき》がこうも自分の過去にからんでいては、会うのが賢明な行動とはとても言い切れない。

ネイサンは手を離してシートにもたれた。「誰かいるのかい？」にらむように目を細める。「この間一緒に話していたあの医者か？」

ジムのことだ。彼とはもうただの友だちなのに。

「私の迷いはどんな人とも関係ないわ……時間がほしいの。起こったことすべてに気持ちの折り合いをつけるための」でも、できるのかどうか。あまりに現実離れした、信じがたい事実ばかりだ。

「だから二、三日置くんだ」彼は慎重に言う。「それとも、もう会うのはいやかい？」

「目的のための手段だったからもう用はない――そう私が言うとでも？」彼の使った言葉を引用した。

ネイサンのこわばった表情にいらだちが見え隠れする。「あのときはついかっとして……」

「かっとしてるのは今もでしょ」穏やかに指摘した。

「君のせいじゃないのか！　意地っ張りで、頑固で、人をいらいらさせる……」ブライアナが笑い出したので彼は言葉を切った。「何がおかしい？」むすっとした顔だ。

笑いがおさまっても、ブライアナはまだ笑顔だった。「私はそういう女だし、欠点はそれだけじゃないのよ！　なのにまだ会いたいって言うの？」

これにはネイサンもほほえんだ。「オープンで、楽しくて、正直で、それにすこぶる美人だから」

ブライアナは真顔になると、ネイサンの頬にそっと手を当てた。「自信がないの。二人でいるのがいいことなのか。私が誰かさえまだわからないのよ」

苦痛に顔がゆがんだ。自分が誰か、何をしたいのか、これまではわかっているつもりだった。それなのに突然すべてが狂ってしまったのだ。

ピーター・ランドリスからの手紙さえなければどんなによかったかと思う。ジョアンとジャイルズの孫、レベッカと誰かの娘だと知ってから、頭の中はごちゃごちゃだ。けれど、こういう事実を知らなければ、ネイサンとは出会っていなかった……。

ネイサンが彼女の手を取った。「僕は君に明確な血筋を望んでいたわけじゃない！」

「あなたは望んでた！　でも私は誰の娘か全然わからない。誰の娘でもおかしくないのよ……」

ブライアナの瞳が陰ったのを見て、ネイサンは眉をひそめた。「またジェームズ叔父さんの話？」

「そういうわけじゃないわ。でも、可能性はまだ否定できない。お互いだんだん……好きになって、そこでいとこ同士だったとわかったら！」

「それは単なる君の推測にすぎない……」

「また弁護士口調になってきたわね、ネイサン」ブライアナはからかった。

「僕は弁護士だよ」不機嫌に眉を寄せる。「証人が出るまでは、血のつながりはないと信じてる」

「でも……」

「証拠があるのか？　ジャイルズが血のつながりを匂《にお》わせるようなことを君に話したのか？」

いいえ。でも代わりにネイサンの父親とジョアンとの関係を聞かされた……。

ブライアナは探るような視線に耐え切れずに、目をそらした。「違うわ。ただ、関係が……親密になって、それから親戚だったなんて知るのはいやなの」瞳が困惑をたたえた深いブルーになった。

ネイサンはブライアナを抱き寄せた。「もう僕たちは親密だよ、ブライアナ」彼の息がこめかみの髪を揺らす。「今朝のことが証拠にならないかい？」

ブライアナはぎくしゃくとほほえんだ。涙で視界がくもっている。「証拠が好きなのね、ネイサン？」

「君は状況証拠で不安になってる」彼の声は真剣だった。「僕はそんな薄弱な証拠のために二人の関係を絶とうとは思わない。電話するよ」優しく唇にキスをする。「そして君は僕と食事をするんだ」

「わかったわ」声がかすれた。こんなふうに抱き寄せられたら、いやとは言えない。

「やっとだ！」ネイサンは天を仰いだ。「十分もかけてようやく望みの返事を引き出せた。食事に誘うたびにこうだと先が思いやられるな」

「その心配は無用よ」ブライアナは請け合った。彼の言うとおり、私にあるのは状況証拠と、彼を愛しているという事実だけ。今、この瞬間には、証拠より愛のほうがずっと重要に思える。

「よかった！」強くキスしてから、ネイサンは体を離した。「じゃあ、二、三日後に」

ブライアナはかばんを手に車を降りると、足早に玄関へと向かい、ドアの錠を開けた。ネイサンのことは振り返りもしなかった。その勇気がなかった。彼のところに駆け戻りたい。腕の中で守られたい。でもその反面、できないとわかっていた。承諾こそしたけれど、また会うことが賢明な選択なのか、まだ確信が持てずにいる……。

居間に座っていた父が、読んでいた書類から目を上げた。「いい週末だったかい?」入ってくる娘に気づいて立ち上がった。

父の姿はひどく弱々しかった。油断のない表情。まるで飛んでくる打撃をかわそうとしているような。今度のことでは父も心から苦しんでいるのだ。

「パパ!」ブライアナは父と認めたい唯一の男性の胸に飛び込んで、ジャイルズとのこと、解けなかった謎《なぞ》のことを泣きながら説明した。

話さなかったのは、新たに気づいたネイサンへの気持ちだけ……。

「やせたみたいだな、ブライアナ」夕食のテーブルで向かいに座ったネイサンが言った。

別れぎわの言葉どおりに日を置いて、彼が電話で夕食に誘ってくれたのが今日、水曜の朝だった。

ブライアナは断りたかった。この二日、会いたい気持ちと、会うのはよくないという思いの間で心が揺れ動いた。でも実際に電話の声を聞いてしまうと、ノーとは言えなかった……。

彼の観察は正しくて、ブライアナの体重は一キロほど落ちていた。いろいろあってもう限界だった。週末からこっちは気力だけ。何をやっても二分と集中できず、食べ物のことは考えただけで気分が悪くなる。これが愛なら、もう二度と立ち直れない!

ブライアナはことさらにこやかに言った。「〝いくらやせても、いくら金持ちでも困ることはない〟って聞いたことない? 片方だけでも悪くないわ」

ネイサンは笑わず、くまのできた目とこけた頬に非難のまなざしを向けた。「間違った表現だと知っているはずだよ。君はやせすぎだ。それに、金では誰も本当の幸せを買うことはできない」

心が軽くなる会話ではなかった。今夜は真剣な話はしたくないのに。十日前までの気楽な自分に戻りたい――もうひとつの家族を知らなかった自分に。

「いくら頑張ってもね」軽く答えて、彼が料理に合わせて選んでくれたワインに口をつけた。

「金の話が出たから言うが――」

「出てないわ！」鋭くさえぎった。彼の言いたいことははっきりしている――でもそれを聞きたくはない。「出てるとしても、漠然とでしょ……いいレストランね、ネイサン」ブライアナは品のいい店内を感嘆の目で見回した。先週入った店とは違うけれど、ここも高級な雰囲気だ。「初めて来たわ」それも同じく当然だった。メニューに値段が一切のっていないところからして、相当高いことだけは想像できる。店は満席だから、何日か前に予約を入れていたのだろう。

「ブライアナ、つらい話題なのはわかるよ。でも父が君に伝えてほしいと――」

「お父さんから直接聞きます。私が聞きたいときに。今晩二人で食事をすることを、お父さんは知ってらっしゃるの？」私が息子と会い続けてピーター・ランドリスがいい顔をするとはとても思えない。

「知ってても漠然とだな」ネイサンはブライアナの表現をまねた。「電話でここの予約をするところを聞かれたから、相手が誰かは想像したと思うよ」

ブライアナは身を硬くした。「それで？」

ネイサンは口もとを引きしめた。「何も。いちいち親の了解を得るのは十五年前に卒業してる」

「お友だちもみんな？」

「友だちも同じさ」

ブライアナはため息をついた。「ネイサン……」

「ブライアナ！」ネイサンは片手を出して、テーブルの上で神経質に動くブライアナの手をしっかりとつかんだ。青ざめた顔を探るように見つめる。「出よう」彼はウエーターに勘定の合図をした。

頼んだ料理を食べないまま帰るというのに、感心にもウエーターは眉ひとつ動かさなかった。

「どこに行くの？」ネイサンは手早く支払いをすませて外へと急がせる。ブライアナは息つく間もなく従った。「ネイサン、あそこでどう思われたかわかってる？」抗議をしたのは、彼が歩道を進んで車のわきに立ち、乗るようにとドアを開けたときだった。

実際、さっきのレストランの従業員たちは何事もなかったかのように勘定を受け取り、ブライアナの上着を返し、入り口のドアを開けてくれた。だが、目を見れば何を考えていたかは明らかだ！

「君を抱きたくて食事をする間も待てない男、かな」ネイサンは隣の座席に乗り込みながら冗談めかした。「当たってるよ。僕は待てない！」

「でも……私……」

「口がきけなくなったね」彼は満足そうな笑みを浮かべて、いつものように楽々とハンドルを握っている。「最初の質問だけど、行き先は僕の家だ」

ブライアナは薄暗がりの中で彼を凝視した。「私を知りたいと言った言葉は？　適切な時と場所の話は？」ショックにあえいだ。

ネイサンはこっちを見ようともしない。「僕の家は適切な場所だし、今より適切な時もない」

そういえば、彼はロンドンの家のことを少しだけ話してくれた。しゃれた両親の家とは全然違うと言っていたわ。あのときには興味を持った。いつか見に行こうと思ったかもしれない。でもまさかこういう形で行くとは考えてもみなかった。

「ネイサン、とてもまともだとは……」

「君と会った瞬間から僕はまともじゃなくなってるよ！　君のことが頭から離れなかった。仕事だって手につかないんだ」

婚約解消からの五年間を仕事ひと筋で過ごした彼

にすれば、これは大変な告白だ。行ってあげてもいいかもしれない。ちょっと寄るだけなら……。

連れていかれたのはロンドン郊外の、背の高いビクトリア朝風の家だった。周辺の家々やそこここの私道に駐車してある高級車を見ても、裕福な土地柄には違いない。だがネイサンの家の中は、まさに聞かされていたとおり、展示品というより家庭だった。柔らかい金色と緑を基調にした室内配色。心地よさそうな家具。全体に整然とした感じがなくて、子供時代の抑圧がようやくここで解き放たれたかのような印象を受ける。

「どう？」ネイサンは居間を見回すブライアナの反応をじっと見守っていた。

自信のない顔だった――そんな気持ちとは無縁の人だと思っていたのに！　まるでブライアナの意見が何より大事とでも言いたげだ。

彼女はほほえんで、感じたままを伝えた。「すてきな家だわ、ネイサン」

彼はほめられるとほっとしたようすで、酒類の並んだ棚まで行くと、下のミニバーから冷えた白ワインを一本取り出した。「これに合う料理を作らないか？　冷蔵庫に何か入ってると思うよ。今夜は君の食事をだいなしにしてしまったからね」

そそくさと店を出たことでは、ネイサンばかりを責められなかった。正直なところ、ブライアナも早く出たかったのだ。あのままいても話はできないし、かといって他人行儀にふるまうことも無理だった。もうそんな関係はとうに通り越している。

けれど、ここにいるのがいいことだとも思えない。とにかく場所が私的すぎるし、あまりに親密な雰囲気だ。でも食事を作って一緒に食べれば、もう少しネイサンのそばにいられる……。

「ブライアナ？　僕は法廷で評決を待っている気分だよ！」

ああ、私はこの人を愛している！　ブライアナは目を輝かせて、もう一度ほほえみかけた。「評決はイエスよ！」笑いながら答えた。

そしてネイサンについてキッチンへ入った。彼の動作を見ているだけで心がはずんだ。襟をかすめる黒髪、広くてがっしりした肩、背の高い男らしい姿。この二日、私だって彼のことが忘れられなかった。いなくなればどんな経験よりつらいだろう。でも別れは選択肢のひとつじゃない――必要なことなんだわ……。


二人はオムレツを作って、皮の厚いパンとサラダを添えた。料理の途中から、ネイサンの開けたワインにどんどん口をつけ、広い古風なキッチンでテーブルにつくころには、ブライアナの頭にも少し酔いが回っていた。

そんなふうだから、ブライアナは食事の間何を話したかさえはっきり頭に残らなかったが、たくさん笑い合ったことだけはわかっていた。

「楽しかったよ」ネイサンが言ったのは、しばらくして二人があと片づけに立ち上がったときだった。

「おなかがすいてたものね」彼も数日まともに食事をしてなかったの？　ブライアナはいぶかった。さっきはとてもおなかをすかせていたようだけれど。

「食事のことじゃないよ。ああ、もちろん食事もだが、準備のほうもさ。二人でやれて楽しかった」

確かに楽しかった。でも来るべきではなかったと、ブライアナは今度こそ確信した。ここにいるのは彼と私と二人っきりなのだ！

「ネイサン、私、もう帰らないと。おうちを見せてくれてありがとう。料理もおいしかったし……」

「僕のことは？」彼がじっと見てかすれた声で言う。

ブライアナは目をそらした。「あなたと過ごせて楽しかったわ」ゆっくりと答えた。

「なのに帰るんだね」

「ええ」きっぱりと言い切り、深いブルーの瞳をきらめかせながらネイサンを見上げた。「帰ります」

彼は思いつめた表情になり、頬を緊張に引きつらせた。「帰したくない」

ブライアナだって帰りたくなかった。それでも、二人のうちどちらかが理性を保っていなければ。

「すべてが終わるまでは……」

「もう終わったんだよ、ブライアナ」ネイサンが彼女の体に手を回して、自分の屈強な体に引き寄せた。

「行きづまりだ。これ以上は何も……」

「袋小路に入っただけよ」ブライアナは語気を強めた。「どこかの誰かがまだ何かを知ってるわ」

「現実を見るんだ、ブライアナ。これまでに何がわかった？　出てくるか、出てこないかわからない事実につき合って生きてはいけないんだ」

「その事実を無視した関係にもなれないわ」ブライアナはなおも言い張った。「少なくとも私はいや」

ネイサンへの気持ちを否定できない今の段階からして、すでに複雑な状況だ。さらに深い関係になって、ことをよけい面倒にするのはよくない。万一、どんな形にしろ、血のつながりがあるとわかったときに、別れるのがたまらなくつらくなる。

「でも、君だってこれは否定できないさ」ネイサンが荒々しく進み出て、君は僕のものだと言わんばかりに激しく、情熱的に唇を重ねてきた。

ええ、そうだわ。ブライアナは心の中でうなずきながら本能的に応《こた》えていた。唇を開き、彼の腰に腕を回して体を寄せた。こんな人を冷血人間と考えていたなんて！　彼は熱く燃える情熱そのものだ。その炎に私は取り込まれてしまった！

彼の唇があらわな喉を下り、ロイヤルブルーのドレスの襟もとに移る。両手は背中をなでながらブライアナの体をぴったりと抱え込んでいる。

暗い瞳が彼女の紅潮した顔をのぞき込んだ。「君がほしい。君のすべて。君の肌のぬくもりを……」

「だめよ、ネイサン」どうにか抵抗した。「だめなの！」見上げた目が涙であふれそうになる。

「君も僕がほしいんだ。僕にはわかる！」

「あなたがいやだとは言ってないわ……」

「それなら、何もかも忘れて僕の腕の中においで」

そうしたかった。そうできたらどんなにいいか！

ブライアナは苦しい思いで体を離した。「できないのよ、ネイサン」熱い涙がぽろぽろと頬を流れる。

仕方なく手を離したネイサンは、恐ろしい顔つきになっていた。「ブライアナ、僕は君を離さない。こんなことではね。父親を知ることが君にとってそんなに大事なら……」

「理由はよくわかってるでしょう、ネイサン！」ブライアナは胸がつぶれるような思いだった。

「今度は僕が答えを見つけ出す！」彼は今の抗議が耳に入らなかったかのように言葉を継いだ。

ブライアナは目を丸くした。「いったいどうやって？　これまで誰も見つけられなかったのよ」

「知るもんか！　だが、とにかく見つけないと！」

ブライアナはレベッカの手紙を――彼女が父親について書き残したことを思い出して首を振った。

「たくさんの人を苦しめることになるわよ。レベッカはつらい思いをする人たちがいるから私を手もとに置かなかったの。そうして私と別れたから、生きる理由をなくしてしまったのよ」

「今は僕らが苦しんでるんじゃないのか？　僕は君の父親を捜す。そして僕らはつき合い続ける！」

ブライアナはネイサンをまじまじと見た。本気なんだわ。決然とした表情を見ればわかる。もう誰がなんと言っても彼を止めることはできない！

9

「いくらですって？」ブライアナは宇宙人を見るような顔でピーター・ランドリスを見つめた。

彼は口もとをゆがめた。「一度で聞こえたはずだよ、ブライアナ」立ち上がるとサイドボードのほうへ行き、上にのっていたグラスにデカンターからたっぷりとブランデーをつぐ。「飲みなさい」優しく彼女に勧めてくれた。「続きはそのあとだ」

ブライアナはグラスを受け取り、小さく手を震わせながら焼けつくような液体を少し飲み込んだ。

一千万ポンド！

想像の範囲をはるかに超える額だった。まともじゃないわ。どうにも理解できない！

「今話したのが、君のためにレベッカが信託にしていた分だ」穏やかに言いながら、ピーター・ランドリスはデスクの椅子に戻った。「当然ながら二十一年分の利子も加わる。よって合計は――」

「お願い！」ブライアナは相手の言葉をさえぎるように片手を上げた。その手はまだ震えていた。「最初の額だけでも大きすぎて。利子がなくてもどう考えたらいいのか」混乱して首を振った。

「君に受け取ってもらうのがレベッカの望みだ。愛情のこもった贈り物だよ」

「お金があっても彼女は幸せにはなれなかったわ」

ブライアナは苦々しく言った。

ピーター・ランドリスも認めるように眉を寄せた。

「レベッカも、金で君が幸せになるとは思っていなかった。ただ、何かあったときに君が困らないだけの用意をしておきたかったんだ」

一千万ポンドあれば困りようもないわ！　ブライ

アナは驚くばかりだった。こんな金額、現実だと認識することさえむずかしい。

月曜の午後遅くという時間を選んだのにはわけがあった。この時間ならネイサンがオフィスにいないと彼の父親が請け合ったのだ。けれど今はネイサンがいてくれたらと思う。何かに——誰かに頼りたい。先週別れたときには、彼とは距離を置くべきで、誰のためにもそのほうがいいとわかっていた。それなのに、自分がこれほど彼を必要としていたなんて!

「ネイサンといさかいでもしたかね?」彼の父親がこちらの考えを読んだかのように質問した。

ブライアナははっとして用心深い視線を返した。

「いえ、別に」嘘《うそ》をついた。「どうしてです?」

「ネイサンが法廷に出ている時間に会いたいと言ってきたのがひとつ……」

「ほかにも何か?」まだ理由があるのだと思い、ブライアナは身がまえて見つめた。

「ネイサンだ。いつもはあんなふうじゃないんだが、ここ数日ずっと……荒れがちでね」

荒れるネイサンというのは、なるほどちょっと想像しにくい。でも、水曜の夜家に送ってくれたときの怒りを秘めた顔を思えば……。「どう……荒れているんですか?」つとめてさりげなくきいた。

「爆発寸前、と言ったらいいかな。信用できる人の話だと、法廷での態度もきつくなったそうだ。君たちの間でいったい何があったんだね?」

何もなかった。だからこそ、おそらくネイサンは腹を立てている。何もなかったのは、私に勇気がなかったせいだった。私だって数日前の決断についていい気持ちはしていない。

「ネイサンと会っていないことでは、てっきり喜んでもらえるものと思ってました」思い切って言ってみた。さっきの質問にはわざと答えなかった。あれはネイサンとの個人的な問題で、誰にも関係がない。

とりわけ彼の両親には！

ピーター・ランドリスは考え込むようにゆったりと椅子にもたれた。「どうしてそう思うのかな？」

ブライアナは肩をすくめた。「私はレベッカの娘ですし……」

「そうです！」

「ジョアンの孫でもある」彼の口調は優しかった。

ピーターは首を振った。「ジョアンとの短いつき合いはあやまちだったかもしれん。だが、私は彼女をずっと大事に思っていた。別の相手と結婚しようと好意は変わらなかったし、向こうも同じだった」

「奥さんはどう思ってらっしゃったんですか？」

「マーガレットのことも、この先もう少し君に知ってもらえたらと思うよ」彼が妻について語る声は愛情に満ちていた。「ジョアンとのいきさつは結婚前に打ち明けた。そうだよ、ブライアナ。話したんだ」驚きを隠せないでいる彼女にくり返す。「秘密を抱えたままマーガレットと結婚することはできなかった」

「奥さんはなんて？」ブライアナは仰天して息を継ぎながらきいた。

ピーターはほほえんだ。「許してくれたよ。先週も言ったが、妻とは連れ添ってもう四十年になる」すんなり納得できる話ではなかっただろう。それでもマーガレットは受け入れて、結婚生活も順調にいっている。私は彼女を誤解していたらしい。

ブライアナは肩をすくめた。「聞いて安心しました。でも、自分の息子がジョアンの孫と接するのを奥さんが大歓迎するとは、やっぱりとても……」

「ネイサンは一人前の大人だ。妻もとうにわかってる。仮に世話を焼き続けたいと思っても、ある程度はぐっと我慢すべきだとね」さびしげな口調から、マーガレットにはつらい認識だったのだと察せられた。でも結局は乗り越えたのだ。「私も初めは少し心配だった。しかし今は、ジョアンの孫娘に息子を愛してもらってこれほどうれしいことはない」

「愛なんかじゃありません！」ブライアナはむきになって否定した。頬に赤みが戻ってきた。

「そうかな？」彼が穏やかに返す。

「そうです！　彼と私は、その、つき合ってはいけないんです」あたふたと立ち上がった。じっとしてはいられなかった。ここから出たい！

「なぜ？　ジョアンも、それにレベッカだって喜ぶと思うがね」

「喜ぶことなんかじゃありません。レベッカの気持ちだって知りようがないんです――もういないんですもの」いてくれたらこれほどの面倒は起きなかった！「だけど、ジャイルズだけは絶対にいい顔をしないと思います」

「ジャイルズか……」ピーターは考え込んだ。「ゆうべネイサンが会いに行っていたな」それだけの言葉だが、彼の目は明らかに問いかけを発していた。

先週のネイサンとの会話、彼の決意。ネイサンがジャイルズに会った理由は考えるまでもない。けれど、そのことを彼の父親と話す気はなかった。

「そうですか」あいまいに答えた。「さっきの遺産のお話ですが、聞いたからには私もジャイルズに会ったほうがよさそうですね」

ピーター・ランドリスは眉をひそめた。「レベッカの遺産はジャイルズとは関係ない。もともと君の母方の祖母のものだ」

「それでも……話すべきだという気がします」

「まあ、君が決めることだ……」

「ええ」ブライアナは強く言って手を差し出した。「今日は会っていただいて本当に……」背後でドアが勢いよく開いた。振り返ってネイサンだとわかっても、ブライアナはいっこうに驚かなかった。

今度は父親まで平然としたようすで、息子を見ると口もとをゆるめた。「ブライアナが来るのが本能的な感覚でわかるらしいな」彼は息子をからかった。

「裁判が早く終わったんですよ」父親に答えながらも、ネイサンの視線はブライアナに据えられていた。

「で？」父親は先を促した。

「勝ちました」どうでもいいことのように言う。

「元気そうだね、ブライアナ」彼は不機嫌な声であいさつをした。

意外な再会であり、遺産の話でショックを受けたあとでもあったから、自分でも信じにくかった。でも認めないわけにはいかない。ネイサンとまた会えて心が躍っている。彼も同じ気持ちでいるの……？

「もう帰るところよ」そっけなく言った。

「どこへでも送るよ」機械的な返事だった。

「送るのが習慣になってるみたい」ブライアナの笑みが薄れた。「続けていい習慣じゃないと思うわ」

「君の返事は求めてない！」荒々しい口調だ。「僕は送ると言っているんだ！」

「ネイサン！」いさめたのは彼の父親だった。「前にも言ったが……」

「ブライアナに関することなら言う必要はありませんよ」彼は父親をにらんだ。「ブライアナはお父さんのクライアントで、彼女は仕事の用件で来ている」彼は唇の端を冷たくゆがめた。「僕が彼女を送るのも仕事です――今そう決めたんだ！」

ピーター・ランドリスの言葉どおりだった。今の彼はまさに〝爆発寸前〟の状態だ。熱くいきりたって、冷血人間がすっかり溶け去っている。

かわいそうなネイサン。私と同じようにひどく落ち込んでいる。どうしてこんなことに……。

「ネイサン、おまえ、田舎を駆けずり回って、いろんな人に会ってたというじゃないか」ピーターが穏やかに割って入った。「週末家に来たと思えば今朝早く出ていって。母さんはびっくりしてるぞ」彼は首を振った。「せめてもう少し親とゆっくり……」

「やることがあったんです……」ネイサンはブライアナから視線をそらさない。

そらさないどころか食い入るように見つめている。熱い視線が、本当にかみついてくるようだ。

「ゆうべジャイルズと会ったのは知っている。だが、使用人たちにも妙な質問をしていたと母さんが困ってた。なんのつもりかは知らないが……」

「私にはわかります」疲れた声で言うと、ブライアナは首を振ってネイサンに向き直った。「いけないわ、そんなやり方」このままでは人を不快にさせて怒らせるばかりだ。誰のためにもならない。

彼は唇を引き結んだ。「じゃあどうすればいい？」

ブライアナは大きくため息をついた。「知ってたら自分でしてるわ……」

「いったい何をしようとしてるんだ、ネイサン？」

ピーター・ランドリスが厳しい目で息子を見やった。

ネイサンは黒い眉を上げてブライアナに問いかけた。「僕が話す？　それとも君から？」

ブライアナとしては会話自体を切り上げたかった。だが、ピーターの表情はここで終わらす気はないと言っている。「ネイサンは思い込んでいるんです」

「僕にはわかるんだ」ネイサンはきっぱりと正した。

「思い込みです！　ジャイルズや私にはできなかったことが自分にはできるだなんて」

「なんのことだね？」

「ブライアナの父親が誰かということですよ」

ピーターは目を丸くした。「どうしておまえが知りたいんだ？」まだよくわからないようだった。

「答えを知るまではふつうのつき合いはできないとブライアナが言うからです」ネイサンは怒りを抑え切れずに大きな声を出した。

「その〝ふつうのつき合い〟とは？」

「僕にわかるわけないでしょう？　知ろうにもブラ

イアナがストップをかけたんですから。血のつながりがないと確信できるまではだめだとね！」

「血のつながり？」ピーター・ランドリスは肝をつぶさんばかりの顔になった。「どうつながりがあると思うんだ？」

「いとこですよ」ネイサンがすかさず言った。「兄と妹だと思っていたときもあったようですよ、お母さんと会うまでは。会って、この人ならお父さんも裏切る勇気はなかったとわかったようですが」

「母親に対して不謹慎だぞ、ネイサン」ピーターは混乱を怒りでごまかし、ブライアナとは互いに視線を避けた。まだ婚約だけの段階だったとはいえ、ピーターがジョアンとつき合ってマーガレットを裏切ったのは事実なのだ。「少し……堅物に見えたりもするが、母さんはおまえのためだけを思っている」

ネイサンは肩を落としてため息をついた。「すみません。なんだか、いらいらすることばかりで」そのまま部屋の奥に入って椅子に座り、疲れたようすで目の辺りをさする。

「そのようだな」乾いた声で言うと、彼の父親はブライアナを見た。急に表情がやわらいだ。「君がそんなに……複雑に考えていたとは思いもしなかった。ネイサンと君とはもちろん血のつながりなど――」

「どうしてそう言い切れるんです？」

「お父さん」ネイサンが首を振って再び重いため息をついた。「ブライアナはジェームズ叔父さんの娘である可能性を言っているんです。ミドルネームがブライアンですからね」

「そうか」ピーター・ランドリスは納得したらしくうなずいた。「薄弱な証拠だ……」

「ぼくもそう言ったんです」

「あなたたちは弁護士ですものね。死体のそばで血のついたナイフを持っている人がいても、殺人犯の証拠にはならないと言うんだわ！」ブライアナはいらいらしながら二人をにらみつけた。

「ならなくて当然だ」ピーターが答えた。「死体を見つければ誰でも動かす。そして多くの場合、落ちていた凶器を拾い上げる。しかしその人物は殺人犯ではないんだ。ジェームズも同じだ。ミドルネームがブライアンでも君の父親だとは言えない」

「でも……」

「それに、不可能だ。おまえだって気づいてよさそうなものだぞ、ネイサン」彼はきつく言い、ネイサンとブライアナににらまれても意に介さなかった。

「いやすまない、ブライアナ。だが、君が授かったころ、弟はまだ家族とアメリカにいたんだよ」

「そうだ！」ネイサンが腹立たしげにうなった。

「すっかり忘れてた！」

父親はうなずいた。「こっちに戻ったのは翌年。サマンサが学校に上がる年だ」

喜びが、幸せが込み上げてきた。ネイサンと血のつながりはなかった。ブライアナは彼を見た。今まで深めることがこわかった愛情を瞳にあふれさせて。

「自分の名前に意味があると考えるのも、筋が通っていると思う」ピーター・ランドリスは二人が見つめ合う沈黙の中で話し続けた。「だがそれは当人同士だけにとって意味を持つものかもしれない……」

ブライアナははっとして、注意をピーターに無理やり引き戻した。「どういうことですか？」

「うん……思うんだがね、恋人同士はよく愛称で呼び合わないかね」ピーター・ランドリスはきまり悪げだ。「マーガレットと私が結婚したときはお互い……いや、愛情を込めた名で呼ぶのは通例じゃないかな」あわてて言い直したのは、自分の妻と呼び合った名前が照れくさく思えたからだろう。

「ブライアンは愛称でも、愛情を込めた呼び名でもありませんよ」ネイサンがそっけなく返した。

「私は力になろうとしてるんだ！」父親はばつの悪

さをまた怒りでごまかした。「少しは役に立てたかね、ブライアナ？」彼女を見ると表情をやわらげた。

ブライアナは満面の笑みを返した。ネイサンが他人だと知ってどれほどほっとしたことか。「ええ、とても」低い声で感謝した。

「ほうら、ネイサン」父親は元気づいた。「おまえは的外れの相手にばかりきいていたんだぞ」

「そのようですね」ネイサンはにこやかに立ち上がってブライアナに手を差し出した。彼女も横に立ち、二人は輝かんばかりの笑顔で見つめ合った。

「どこに行くんだ？」ドアのほうへ歩く二人を見て、ピーター・ランドリスが椅子から腰を浮かした。

「私たち……」ブライアナが答えた。「今からふつうのつき合いをはじめます」

「ああ」彼は椅子に腰を落とした。「それなら、ネイサン……明日の朝にな」ぎくしゃくとつけ加えた。

「来られたらね」ネイサンは謎《なぞ》めいた答え方をした。

廊下に出るとブライアナはくすくす笑った。「お父さん、ショックを受けたわよ！」

「どうだか」ネイサンはしかと彼女の腕をつかんだままつぶやいた。「父だって昔は若者だったんだよ」

その若者だったとき、彼はジョアンと――私の祖母と恋をした……。考えると少し冷静になって、ブライアナはまた不安にとらわれた。ネイサンと血のつながりはなかった。でもあってはいけない秘密がまだ彼との間にはありすぎる……。

「やあ、お二人さん」ロジャー・デイビスが笑顔で廊下を歩いてきた。「お父さんはまだいるかい？」

「いますよ」ネイサンが答えた。

ロジャーはそばで立ち止まると、問いかけるように二人を見た。「二人ともずいぶん幸せそうだね」

「幸せです」ネイサンがはっきりと答えて、ブライアナの肩に回した腕を動かした。

ロジャーは灰色の眉を上げて茶化した。「ウエディングベルが聞けるのかな?」

「それはまだ」答えたのはここでもネイサンだった。

「でもそうなるよう頑張ってます」

ブライアナはあっけにとられて彼を見た。結婚ですって……? 一度だってそんな話はしてない! 今の込み入った状況ではとても結婚など……。

ロジャーもブライアナに劣らず驚いたようで、眉《み》間《けん》に深いしわを寄せていた。「そこまで話が進んでいたとは思わなかったな……」

私だって! これはふつうのつき合いじゃないわ。十以上もの段階を一気に飛び越している。

「私ならネイサンの言うことをうのみにはしませんわ。彼は今ちょっと変なんです」

「変?」ネイサンは黒い眉を上げた。「どう変なんだい?」

「知らないわ」抱き寄せる彼の腕から離れた。

「よけいなことを言ってしまったかな」ロジャー・デイビスが困ったように言った。

「全然」ブライアナはなんとか彼を安心させたかった。ネイサンとはもう目さえ合わせられない。「またお会いできてよかったわ。じゃあ、私はこれで」

「僕たちはこれで」ネイサンは抱擁を解いても彼女の腕だけはまだしっかりとつかまえていた。

ロジャーはうなずいた。「僕はちょっとピーターに用事があるから」

廊下を歩き出しても意固地に口をきかないブライアナだったが、ちらと振り返ると、ロジャー・デイビスがまだ二人を見ていた。じっと考え込んでいる。

「何をしたかわかってるの!」駐車場に出るや、ブライアナは食ってかかった。「あなたの叔父さんはお姉さんに話すし、クラリサはお姉さんに……」

——あなたのお母さんに話すわ。そしたら……」

「そしたら?」こわいほどに優しい声だ。

「あなたのお母さんがあなたに真相をきくじゃな

い!」怒りに目がきらめいた。

「それで?」

「あなたはみんなに違うと説明しなきゃならなくなる。だって違うんですもの。ジェームズが父ではないとわかっても、二人の関係を続けていくには、まだまだ面倒なことがたくさんあるの」ネイサンが知らなくて、私が彼の父親と祖母との過去を知っているのもそのひとつ。そんな秘密が恋人同士にあっていいわけはない。だけど私が話せる秘密ではない。

「君に大きな遺産が入ることとか?」ネイサンは冷たい目をして辛辣《しんらつ》に言った。

ブライアナは身を硬くして、まじまじと彼を見返した。「今のは聞かなかったことにするわ」単調で平坦《へいたん》なしゃべり方で心の傷を押し隠した。ネイサンがそんなふうに考えるはずない……。

「悪かった、ブライアナ。本当にすまない」ネイサンはもやもやを払うように頭を振った。ブライアナがよけたので差し伸べた両手も力なくわきにたれた。

「自分でもなぜこんなことを言ったのか」

「この状況のせいなのよ、ネイサン」ブライアナは声を荒らげた。

「だけど僕らは他人だった。このうえ何が……?」

「すべてよ、ネイサン」厳しい顔で反論した。「すべてがわからないと、この先……。私たちの関係は砂上の楼閣だわ。家へは送らないで。歩いて帰ります。頭をすっきりさせて考えたいの」さっきまでの幸福感は不安の前に跡形もなく消えていた。

「そのあとは?」彼は目を細めてきいた。

「だから考えるの!」頭がずきずきしてきた。私はばかなことをしているの? もう何もわからない!

ネイサンは納得のいかない顔だった。「君が決めようとしているのは僕の将来でもあるんだぞ。愛してるんだ、ブライアナ。君と結婚したい」

ネイサンが私を愛している!

私も彼を愛しているわ。でも、それで十分なの？　それだけの基盤で二人の将来を築いていけるの？　本当の父親が名乗り出てきたら？　あり得ないことじゃないわ！　そしたら、どうなるの？

「もう行くわ」思うように体が動かず、苦労して横
を向いた。「行かなきゃ！」胸がつまって走り出した。ネイサンから離れるために。

本当は彼の腕に駆け込みたかった。ずっと彼の腕の中にいたかった……。

どこに行ってどこを歩いたのか、誰を見たのか見なかったのか。どこかでコーヒーを飲んだことだけはぼんやりと覚えていた。わかるのはずいぶん歩いたらしく、足が痛かったことと、家に帰りつくころにはもう暗くなっていたこと。

外には何台も車が止まってるようだった。一台はすぐにわかった。ネイサンのジャガーだ！

いつからいるの？　何しに来たの？　目的なく歩き続けたけれど、結局何も変わっていない。相変わらず自分が誰かも、どこに向かっているのかもわからない。

そっと玄関を入ると居間から話し声が聞こえてきた。と、居間のドアが開き、ブライアナは本能的に玄関ドアにもたれかかった。出てきたのはゲアリーだった……。なんだか楽しくて仕方ないようすだ。

「パーティでもやってるの、ゲアリー？」玄関ホールに進みながら彼女は弟をからかった。

「姉さんか！」明るい声が返ってきた。「そんな楽しいものじゃないよ」彼はにやりと笑った。「お茶をいれてこいって言われてさ。ああ、姉さんの彼氏っていい人だね。そのうちジャガーでドライブに連れていってくれるって」

弟はしゃれた車が大好きだ。ドライブの約束を取りつけたあとでは、お茶をいれるくらいなんでもな

いのだろう。「ネイサンは彼氏じゃないわ。えっと……お茶は何人分用意するの？」

「姉さんと僕の分も入れて？」頭の中ですばやく計算している。「六人分だな」

六人……？　ネイサンと父親がいるから四人。あとの二人は誰？「ゲアリー……？」

「話してる暇ないんだ。パパが困った立場にはまり込んじゃってるから。ったけど、最初から歯切れの悪い会話だったけど、十分たった今はただ座ってるだけ。みんなお互いの顔をじっとにらんでるよ」

〝みんな〟って誰？

ゲアリーは教えてくれようとせず、キッチンへ消えていった。お茶が入って、姉が帰ってきたと弟がみんなに話せば、どのみち逃げ場はない。ここは自分から入っていったほうがよさそうだ。

でも誰なの？　誰がいるの？

会話がないと言ったゲアリーの言葉どおりに、ブライアナが部屋に入ったときには誰も口をきいていなかった。ただし、張りつめた空気は容易に感じられた。父はいつもの肘かけ椅子に座って体を前かがみにしていた。両手を前でしっかりと組み、リラックスとはほど遠い硬い表情だ。ネイサンのほうは椅子に座ることさえせず、父よりさらに険しい表情で暖炉わきに立ちつくしている。

あとの二人はソファに並んで座り、しっかりと互いの手を握っていた。クラリサとロジャー・デイビス夫妻。どうして二人がここにいるの？

しかし、心痛ののぞくクラリサの青い目とロジャー・デイビスの苦悩の表情を見たとたん、ブライアナにはその理由がぴんときた。

ロジャー・デイビスこそずっと捜し求めていた人だった。レベッカと愛を交わした人。レベッカの子供の父親。

ロジャー・デイビスが私の父親なんだわ！

10

ロジャー・デイビス！

信じられなかった。彼とクラリサはとても似合いの夫婦なのに。週末に会ったとき、ブライアナはクラリサに好感を持った。その彼女の目に浮かんでいる心痛の原因が自分――自分の存在だなんて。

ロジャーは子供はいないと言ったわ！

いいえ、正確にはクラリサとの間に子供はいない、犬を飼っていると……。

あのときから自分の娘だと知っていたの？ ピーターもネイサンもひと目見ただけで私がレベッカの娘だと気づいたようだった。レベッカに子供を産ませた当人なら、誰だかわかって当然だったの？

わかったんだわ。そうに違いない。でもなぜ今ここに？ ひょっとしてネイサンが今日言ったこと――私と結婚すると言った言葉が原因なの？

「ネイサン？」不安を抱きつつ彼を見やった。話を聞きたいのか、自分でもよくわからない。

「大丈夫だから」彼はすぐに近づいてきて、安心させるようにブライアナの肩を抱いた。

大丈夫じゃないわ。もう二度と大丈夫だなんて言えない。ブライアナは本当の父親を憎んだ。ジャイルズと話したあとは、レベッカの恋人こそ彼女を不幸にした張本人だと思った。でも、ロジャーには初対面から好感を抱いている。頭の中でその二人の像がどうしてもひとりに重ならない。そしてクラリサは！

ブライアナは彼女を見た。青い顔色だけれどとても落ち着いている。自分の世界ががらがらと音をたててくずれようとしているのに、あくまでレディだった。「クラリサ……いえ、ミセス・デイビス……」

「クラリサでいいのよ」優しい声。「週末に会ったとき、誰かに似てると感じていたわ」さびしげに言うと視線を落とす。

「レベッカですね……」か細い声になった。この人はどうしてこうも冷静でいられるのだろう。

クラリサはほほえんだ。悲しみに染まった痛々しい笑み。「いいえ。あなたはロジャーを思わせるの。その意志の強そうな顎。ロジャーもとても頑固になるときがあるから。二十二年前もそうだった。別れましょうかとこの人に言ったとき」

二十二年前……？　私がおなかに宿ったときだ。そのときからもうクラリサはロジャーとレベッカの関係を知っていたの？　そんな！

「大丈夫だよ、ブライアナ」勇気づけるように、肩に回された腕に力が入った。

ブライアナはわけがわからずにネイサンを見上げた。どうしてそう言えるの？　彼の叔父が私の父親だったのよ。血のつながりはなくても叔父は叔父……。私はネイサンの家族にきっと憎まれる。

「ほら、こっちに来て座りなさい」父親が立ち上がって、自分の椅子に娘を座らせた。「君には頭を整理する時間があったからいいが……」心配顔のネイサンに言って聞かせる。「ブライアナにはまだショックなんだよ。さあ、ブライアナ、二人の話を聞いてあげなさい。すべての事実を知るまで判断は控えること。私が思うに、この件に悪人はひとりもいない。不幸な人間がたくさんいただけだ。話を聞けば、誰かに似ていると感じる部分もあるんじゃないかな」

ブライアナは意味がわからずに眉をひそめたが、椅子の後ろではネイサンが立っていてくれるし、父親もひざまずいて手を握ってくれている。二人の思いやりに優しく守られている気分だった。本当に心配することはないのかもしれない……。

「お茶ですよ」ゲアリーがばたばたと入ってきた。

「いつもタイミングのいいやつでしてね」父が乾いた声でまわりに言った。「ついでみなさんに渡しなさい。終わったら静かに座っているんだぞ！」

ゲアリーは気のいい笑顔で文句ひとつ言わずにお茶をついだ。この場に残って話が聞けるのなら、これくらいはなんでもないのだ。

「僕から話すよ、ブライアナ」ロジャー・デイビスが落ち着かなげに立ち上がった。誰の顔も見ていない。見ることができないのだろう。

「自分を責めないでくださいな、あなた」クラリサが言った。「あなたは人間らしい感情を持っているだけなんです。それは罪じゃないんですから」

理解ある優しい妻に弱々しくほほえんだロジャーだったが、またすぐに視線を外して暖炉の上の花柄の壁紙をじっと見つめた。「二十二年前、クラリサとは結婚して五年目だった。幸せな五年間だったが、ひとつ気になるのが、ずっとほしいと思っていながらいっこうに子供ができないことだった」

父親が強くブライアナの手を握った。同じなのだ。父と母も何年も子供ができなかった……。

ブライアナは父の手を握り返した。父にはロジャーの言うことが痛いほどよくわかるに違いない。

ロジャーは淡々と続ける。「何カ月か検査をして、それで自分たちには一生子供が授からないとわかった。僕も妻もショックだった。だからといって僕のそのあとの行動は許されるものではないが……」

「あなた」クラリサが鋭く割って入った。「お願いだから自分を責めないで。検査のこともすべて話してはいないじゃないの。あなたがどれだけ苦しんだかも」

彼はつらそうに妻を見た。「そこまで話す必要は……」

「いいえ、話さなくては。あなたは私をかばおうとして、自分を犠牲にしてますわ。自堕落だった十代の私のことでは、もう十分すぎるほどの人が苦しんできたんです」彼女は涙にぬれた目でブライアナを見た。「ロジャーは悪い人ではないのよ。あなたにはどうしても誤解してほしくないの」

彼は妻のある身で浮気をした。結果、私という子供ができたのに、彼は子供もその母親も切り捨てた。そんな人をどうしてよく思えるだろう。

ブライアナの疑わしげな顔を見て、クラリサは震える息を吸って言った。「私のことは、家族の中で困った子だったと、この前お話ししたわね」ブライアナがうなずくと、彼女は先を続けた。「十代の私は、それは手に負えない娘だったの。お酒に、薬に、男遊び。なんにでも手を出していた。ようやく目が覚めたのが、不純な交際で大変なことになったときよ。妊娠したの」ため息をつく。「複数の相手とつき合っていたから、誰が父親かわからなくて……」

「今度はおまえが自分を責めているじゃないか、クラリサ」言ったのはロジャーだった。

クラリサは悲しげに首を振った。「私は正直に話しているだけ。十九歳だったわ。望みもしない赤ん坊のために面倒な人生を送りたくはなかった。だから……。大学生で家を離れていた私には簡単に……家族に知られることなく子供をおろすことができたの」思い出してぶるぶると体を震わせる。「あっけないくらい簡単に！」自己嫌悪を込めてくり返す。「人生で最悪の経験でした。無知だった！　そのあと何週間も調子が悪かったのに、私は自分を大事にしないまま、結局ひどい感染症で入院したわ。そのときにはもう一生子供が産めないなんて、いろんな弊害で妊娠できなくなったなんて知らなかった。わかったのが結婚して五年目にいろんな検査を受けたときよ。ロジャーには自分の義務としてすべてを打ち明けたわ」彼女はため息をついた。「若いころの私がどんなに遊んでいたかを知って、彼はひどいショックを受けました。それから何カ月かは夫婦としても危うい状態が続いて、その間ロジャーは失望と苦しみを乗り越えようと闘っていたの」

「そこでレベッカが？」推測は容易だった。

「ああ、レベッカだ」ロジャーが重々しい表情で応じた。「僕の行動に弁解は不要だよ、クラリサ。僕は結婚していた。レベッカは十代で、誰かを愛したくて、愛されたくてたまらずにいた……」

「あなたも同じ気持ちだった」ブライアナの父親がそっと口をはさんだ。「よくわかるんですよ、ロジャー。私も一歩間違えていれば……」

「パパ？」ブライアナは怪訝《けげん》な顔で父を見た。

「つながりとはもろいものだよ」低い声で言う。「おまえの母親――ジーンと私も、おまえが来るまでは、やはりごたごたした。子供ができないと、たまらない罪悪感がお互いの間にあるものなんだ」

「で、僕が生まれたんだね」ゲアリーの憎めない軽口に、高まりつつあった部屋の緊張がゆるんだ。

「そう、おまえが生まれた。おまえみたいなのを見れば、誰だって子供を産むことを考え直すだろうがな」愛情あふれるからかい方だった。

「いいご家族だ、ブライアナ」ロジャーが言った。

「ええ」もう一度父親の手を固く握る。

「これもわかってほしい」父は再び娘に語りかけた。「人生の伴侶《はんりょ》に選んだ相手への愛が深ければ深いほど、歯車がずれたときの溝は大きい。大きすぎてとても埋められないと思うことさえあるんだ」

それは、ネイサンを愛しながら、この日もまるで意味のないいさかいをしてしまったブライアナが、すでに身をもって感じはじめていることだった……。

「レベッカとの過去は自分でも情けないと思っている」ロジャーが胸のうちを語り続けた。「ふとしたきっかけだった。僕は心が弱く、レベッカは愛に飢えていた」思い出して首を振る。「最初はかまわないと思っていたが、レベッカから妊娠したと告げられてわかったよ。僕が愛し、生涯をともに過ごしたいと願う女性はクラリサだ。子供に恵まれなくてもそれは変わらない。自分の子が持てる機会を前にして初めて理解できた。クラリサの過去など関係ない、僕は彼女と将来を築きたいんだとね。僕は……僕はレベッカに説明しなければならなかった」彼はぐっと感情をのみ込んだ。「そのあと、クラリサにもレベッカとのことを打ち明けた」当時を思い出しながら、彼は瞳を暗く陰らせた。「レベッカは僕を恨んだ。そしてクラリサは、許してくれた」

「ブライアナ、わかってもらえるかどうか……」クラリサが優しく語りかけた。「でも、ロジャーがあなたのお母さんとつき合ったから、私たちはどうにか対等に戻れたの。レベッカにはおもしろくない言い方でしょう。でも、つらい経験のあとで、私たち夫婦の絆《きずな》は弱まるどころか強くなったのよ」

〝誰かが苦しむのはもう十分〟レベッカはそう手紙に書いていた。でもレベッカはロジャーを恨まなかった。恨んでいれば姿を消したりしない。そばに残って、決して事情を認められない彼の前で子供の成長を見せつけたはずだわ。そうよ、恨んではいない。家を出て子供を養子に出したのは、ロジャーとクラリサをそれ以上苦しめたくなかったから……。

「わかります」ブライアナはかすれ声で答えた。「私が喜んであなたの母親になるつもりだったことも？」クラリサの思いが声にあふれていた。「夫の子供よ。私が産んであげられなかった子供ですもの。できるなら私の子として育てたかった」

私はとても大勢の人に望まれていたらしい。レベッカ、ジャイルズ、クラリサとロジャー、グレアムとジーン。私はただのいらない子じゃなかった。

「二十二年前、クラリサからそう聞かされたときはびっくりした。どんなにうれしかったか」ロジャーが話を継ぐ。「だが、そのときにはもうレベッカはいなくなっていた」彼は悲痛な表情になった。「見つけたときは手遅れだった。レベッカは死に、赤ん坊はギブソン夫妻の養子になっていた。取り戻そうかとも考えましたよ」グレアムをすまなそうに一瞥《いちべつ》する。「でもそれでは身勝手すぎるし、僕はレベッカをさんざん苦しめた。彼女がこの人たちならと決めて子供を渡したんだ。邪魔する権利は僕にない。僕にはなんの権利もなかった……」

彼のつらさは理解でき、ブライアナも違うとは言えなかった。「ブライアナという名はどこから来たんですか？」眉を寄せてきいた。ロジャーが父親だとすれば、名前との関係が全然わからない。

「二人で会うときの合図だった」彼は唇をゆがめ、つらそうな表情で妻のほうを見た。

「いいんですよ、あなた」横に立った夫の腕に、クラリサが優しく手を添える。

「いいものか。だがそれが事実だった」彼はブライアナに目を移した。「レベッカは互いの名前を表立って口にするのはよくないと言い、例えば僕が電話をかけても、彼女は僕をブライアンと呼んだ。名前に意味はなかったよ」言って首を振る。「レベッカが適当に選んだ名だ。ブライアンは忙しい、と僕が言えば、会えないという意味が彼女に伝わった。反対も同様だ」彼はそそくさと説明を終えた。「今思えばずいぶん子供っぽかった。名前自体にはなんの意味もなかったんだよ、ブライアナ」

「わからないんですか？　レベッカにとっては意味があったんです」ブライアナは力を込めた。「あなたを本当に憎んでいたなら、子供の名前をブライアンから取ったりしません。彼女はいつか私たちが会うとわかっていた。あなたにこの名前を選んだ意味をわかってほしいと望んだのかも……。彼女はあなたの共同経営者に遺書を託して、私が二十一歳になったら連絡するようにと頼んだ。知ってたんです、私とあなたが会うことを。ブライアナという名をつけたのも、あなたを許したからだと思います。私があなたを知らなくても、あなたは私があのときレベッカのおなかにいた子だと、恋人の呼び名をつけた子供だと絶対にわかるんですもの。あなたを許したんですよ、ロジャー」ブライアナは確信を持って言った。「ほかに理由は考えられません」

「ブライアナの言うとおりだわ、あなた」

ロジャーはさっと妻の横に座った。「そうだと思いたい。そう思えたら！」彼は首を振った。憔悴《しょうすい》した顔に願うような感情が走る。

ブライアナはロジャーを見た。今度は新たな気持ちで。この人が私の実の父親なのだ。五十代の初めで灰色の髪。優しくて青い目――私と同じ色だ。そして彼は過去にあやまちを犯し、そのために彼自身を含めて何人かの人生を変えてしまった。そのあやまちを彼は二十二年間背負って生きてきた……。

もう終わりにしていいのでは？

ブライアナは緊張して息をのんだ。「あなたを許します」かすれた声で告げた。「レベッカも許したに違いないと思うから。でも父親とは呼べないわ。だって私にはもうすてきな父がいるんですもの」

「本当にそうだ。同じ状況に置かれても、僕ならとても君のお父さんのような度量は持てない」

「さっきも言いましたが……」グレアムが静かに口を開いた。「私は運がよかっただけですよ……」

父のすばらしさはわかっていたつもりでも、このときばかりは胸に父への愛があふれた。ありがとう、レベッカ。ブライアナは心の中でつぶやいた。

「あなたを父とは呼べません」低くロジャー・デイビスにくり返した。「でも、できればもっと知り合いたいと思うんです。つまり、みんなと」ブライアナは尊敬を込めてクラリサにも目を向けた。

「ブライアナが結婚を承知してくれたら、二人は叔父と叔母になれますよ」ネイサンが声をはずませた。

ブライアナは輝く瞳で彼を見た。「その前にご家族や親戚《しんせき》に事情をお話ししないといけないわ」

「いいんだよ」ネイサンは肩をすくめた。「叔父がなぜここに来たと思う？　僕の父がすべてを知っていたからさ。今日父と叔父とで話をしたとき、父はこのままではいけないと言ったらしい。僕が誰かに手荒なまねをしかねないとね」自嘲《じちょう》ぎみに言う。

ブライアナは目を丸くした。「あなたのお母さんも知っているの？」

「そうみたいだ」ネイサンはうなずき、同意を求めるように叔父と叔母を見やった。

「ブライアナ、マーガレットは私の姉よ。姉とピーターには、ずっと以前にレベッカの子供のことは話してあるわ」クラリサの声はかすれていた。

それでネイサンの母親は週末よそよそしかったんだわ。ネイサンとは関係がなかった。妹の幸せがおびやかされるのを心配してのことだったのね。時がたって、私がクラリサにもロジャーにも悪意を持っていないとわかってもらえれば……。

ブライアナは再度父の手を強く握ると、立ち上がってネイサンの横に回った。「そういうことなら、喜んであなたと結婚します。愛してるわ、ネイサン。心から」うれしさが声にあふれた。私は彼をずっと愛し続ける。レベッカが得られなかった将来へ続く愛に、私は出会えた。この幸せはレベッカのおかげだわ。私は、私を産んでくれた人を永遠に忘れない……。

「僕もだよ、ブライアナ。心から愛している」ネイサンも喜びを隠せずに答えた。

「おやおや」ゲアリーがまた口を開いた。「いい結婚式になりそうだ！」

控えめな表現にどっと笑い声があがった。みんな笑うことができてほっとしている。

本当に、すてきな結婚式になりそうだわ……。

エピローグ

もう一度手紙に目を通した。こぼれた涙でしみのできた一枚きりの手紙。たったこれだけのものなのに、はかり知れない幸せを、私の将来を与えてくれた……。

「準備はできたかい？」背後でネイサンが優しく声をかけた。

ブライアナは彼への思いに顔を輝かせて振り返った。わずか数時間前、教会の結婚式で二人は愛を誓い合った。今のブライアナは、もうミセス・ネイサン・ランドリスだ。

彼女の愛する人みんなが集まってくれていた。父にゲアリー、ジャイルズ、ロジャーとクラリサ、マーガレットとピーター、サムとスーザン。三世代目までできて、ようやく愛に包まれたひとつの家族になれた。ひとつにしたのはレベッカの産んだ娘だ。レベッカが娘に遺《のこ》した遺産は、いつか生まれてくる彼女の孫のために信託にされた。ブライアナはネイサンの子供を胸に抱く日が待ち切れない思いだった。

近づいてきたネイサンは、彼女の手にレベッカの手紙を見るなり、戸口で気づいたさびしげな瞳のわけを理解した。「彼女は僕たちの胸の中にいるよ」優しくささやいてブライアナを抱き寄せる。

「私がどんなに幸せで、みんながどんなに喜んでいるか、レベッカはわかってくれてると思う?」ブライアナは不安な表情できいた。

「わかってくれてるとも」彼が力強く請け合う。

「そうだといいわ」ブライアナも心から願った。

「悲しい顔はそこまで」彼は頬の涙をふいてくれた。

「みんな、君がブーケを投げるのを待っているよ」

すぐに広い階段の最上段から甘い香りのブーケが投げられた。受け取ったのはサムで、まわりからは大きな笑い声とはやし声がわき起こった。

教会へ出かけたのはギブソン家からだったが、孫娘の式だからというジャイルズの強い主張で、披露宴はマロリー家で行われることになっていた。屋敷はまるきり変わっていた。何年もさびれるままにしてあった家を、ジャイルズがすっかり改装したのだ。今や明るくて風通しもよく、ブライアナと新婚の夫が訪れるにも、いつの日か子供を連れてくるにもぴったりのすてきな家になっていた。

レベッカがみんなに新しい門出を与えてくれたようだった。

ブライアナは愛情のこもった目で夫を見た。レベッカがいなければ彼には会えなかった。レベッカはいちばんすばらしい門出を与えてくれたんだわ!

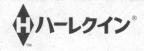

ハーレクイン・ロマンス　1999 年 4 月刊（R-1478）

涙の手紙

2024 年 7 月 20 日発行

著　　者	キャロル・モーティマー
訳　　者	小長光弘美（こながみつ　ひろみ）
発 行 人	鈴木幸辰
発 行 所	株式会社ハーパーコリンズ・ジャパン 東京都千代田区大手町 1-5-1 電話 04-2951-2000（注文） 0570-008091（読者サービス係）
印刷・製本	大日本印刷株式会社 東京都新宿区市谷加賀町 1-1-1
装 丁 者	sannomiya design
表紙写真	© Subbotina, Dmytro Zaharchuk, Olga18x27 | Dreamstime.com

造本には十分注意しておりますが、乱丁（ページ順序の間違い）・落丁（本文の一部抜け落ち）がありました場合は、お取り替えいたします。ご面倒ですが、購入された書店名を明記の上、小社読者サービス係宛ご送付ください。送料小社負担にてお取り替えいたします。ただし、古書店で購入されたものについてはお取り替えできません。®とTMがついているものは Harlequin Enterprises ULC の登録商標です。

この書籍の本文は環境対応型の植物油インクを使用して印刷しています。

ISBN978-4-596-63706-2 C0297

7月26日
発売

ハーレクイン・シリーズ 8月5日刊

ハーレクイン・ロマンス

愛の激しさを知る

コウノトリが来ない結婚	ダニー・コリンズ／久保奈緒実 訳	R-3893
ホテル王と秘密のメイド 《純潔のシンデレラ》	ハイディ・ライス／加納亜依 訳	R-3894
ときめきの丘で 《伝説の名作選》	ベティ・ニールズ／駒月雅子 訳	R-3895
脅迫された花嫁 《伝説の名作選》	ジャクリーン・バード／漆原　麗 訳	R-3896

ハーレクイン・イマージュ

ピュアな思いに満たされる

愛し子がつなぐ再会愛	ルイーザ・ジョージ／神鳥奈穂子 訳	I-2813
絆のプリンセス 《至福の名作選》	メリッサ・マクローン／山野紗織 訳	I-2814

ハーレクイン・マスターピース

世界に愛された作家たち
～永久不滅の銘作コレクション～

心まで奪われて 《特選ペニー・ジョーダン》	ペニー・ジョーダン／茅野久枝 訳	MP-99

ハーレクイン・ヒストリカル・スペシャル

華やかなりし時代へ誘う

ハイランダーの秘密の跡継ぎ	ジェニーン・エングラート／琴葉かいら 訳	PHS-332
伯爵に拾われた娘	ヘレン・ディクソン／杉本ユミ 訳	PHS-333

ハーレクイン・プレゼンツ作家シリーズ別冊

魅惑のテーマが光る
極上セレクション

炎のメモリー	シャロン・サラ／小川孝江 訳	PB-390

※予告なく発売日・刊行タイトルが変更になる場合がございます。ご了承ください。